Harry Potter™

필 / 름 / 볼 / 트

VOLUME 12

Prof. Garius Tomkink

HOGWARTS

✴ A HISTORY ✴

Harry Potter

필 / 름 / 볼 / 트

VOLUME 12

마법사 세계의 연회, 음식, 출판물

조디 리벤슨 지음 | 고정아, 강동혁 옮김

문학수첩

들어가며

* ☾ *

〈해리 포터와 마법사의 돌〉의 기숙사 배정식에서 해리 포터(대니얼 래드클리프)는 그리핀도르 기숙사에 배정받는다. 그 이후 학생 모두의 앞에 양고기, 자루째 찐 옥수수, 엄청난 양의 오리고기와 닭고기 등이 포함된 잔치 음식이 나타난다. 대연회장에서의 식사는 배고픈 학생들에게 최고의 행사로, 달콤해 보이는 디저트와 군침 도는 간식도 제공된다. 각종 시리얼과 음료, 고기와 과자, 핼러윈 연회와 크리스마스 파티, 〈해리 포터와 죽음의 성물 1부〉에서 플뢰르 들라그루(클레망스 포에지)와 빌 위즐리(도닐 글리슨)의 결혼식 음식으로 나온 마법 메뉴는 스테퍼니 맥밀런의 세트 장식 팀과 피에르 보해나의 소품 팀에서 제공한 것이다. 호그와트 바깥에서는 마법사 술집과 가정에서 음식과 음료가 나온다. 수제 잼과 감자칩, 버터맥주는 미라포라 미나와 에두아르도 리마가 담당하는 그래픽 팀에서 만들었다.

화면에 등장하는 음식은 진짜일 때도 있고 아닐 때도 있다. 그리핀도르의 딘 토머스 역할을 맡은 앨프리드 이넉은 말한다. "영화가 진행되면서 아주 놀라운 장면들이 여럿 나왔지만 언제나 저를 놀라게 한 건 음식이었어요. 우리는 매년 대연회장으로 들어가 놀라운 음식과 디저트를 보고 나서, 그중 하나라도 먹으면 안 된다는 말을 듣곤 했죠! 왜냐고 물으니 진짜 음식이 아니기 때문이라고 했어요. 그런데도 매번 속았죠." 그는 웃으며 덧붙인다. "솜씨가 아주 뛰어났어요. 정말 먹음직스러웠죠."

풍성한 음식과 출판물은 상관없는 주제로 보일지 모르지만, 마법사 세계의 신문과 잡지에는 마음의 양식이라 할 수 있는 생각거리가 많이 담겨 있었다. 볼드모트가 마법사 세계를 장악한 사건을 전하는 《예언자일보》는 이야기에서 중요한 부분을 차지한다. 어둠의 세력이 모습을 드러내는 방식을 예술적으로 표현하기 위해 많은 고민이 이루어졌다. 초반에 발행된 《예언자일보》에는 다양한 폰트로 이루어진 창의력 넘치는 텍스트와 황금색 글자들이 배치되어 있었다. 위험이 고조될수록 신문의 모양새도 더욱 불길해졌다. 텍스트는 검은색 두꺼운 글자로 배열되었다. 다행히 대안 언론인 《이러쿵저러쿵》은 영화를 위해 인쇄한 25,000페이지에 걸쳐 말 그대로 다채로운 논평을 제공하고 해리 포터를 응원했다.

호그와트 학생들의 교과서는 굉장히 중요한 소품이었고, 미나와 리마는 그들이 만든 책의 표지와 책등에 온갖 시대에 사용되었던 도서 제작 기술을 선보였다. 종이의 질감과 사용된 색상은 카메라에 포착되는 순간 그것이 비싼 책인지 저렴한 책인지, 낡은 책인지 새 책인지 알 수 있도록 결정됐다. 책마다 여러 권이 필요했고, 그중 몇 권은 서로 다른 용도로 쓸 수 있어야 했다. 〈해리 포터와 아즈카반의 죄수〉에서 해리가 펼치려고 들자 그를 공격했던 《괴물들에 관한 괴물 책》에는 2개의 기계 버전이 있다. 하나는 블루스크린 막대(편집 과정에서 삭제한다)로 움직이는 것이었고, 다른 하나는 펼쳐진 페이지에서 총알을 쏘아낼 수 있는 것이었다.

제작자 데이비드 헤이먼은 〈해리 포터〉 영화 속 세계를 만들 때 환상적이고 마법적인 세계를 만드는 것을 목표로 삼았다고 강조하면서도 "모든 것을 현실에 뿌리내리게 하고 싶었다"고 설명한다. "우리는 관객들이 참조할 만한 대상이 있어서, 그들이 영화를 보면서 '아, 저건 내가 아는 거야. 하지만 약간 비틀어 놓았네'라고 느끼기를 바랐습니다." 헤이먼은 다양한 창작 팀들의 협조 덕분에 이 목표를 이룰 수 있었다고 말한다. "모두 자기가 만드는 물건에 대해 높은 기대감을 가졌고, 각자가 만들 수 있는 최고의 물건을 만들고 싶어 했어요. 우리는 늘 전편보다 나은 후속편을 만들려고 노력했습니다. [해리 포터는] 영국이나 미국에서만 큰 인기를 끈 게 아닙니다." 헤이먼은 말을 잇는다. "이 시리즈는 모든 문화권과 전 세계 모든 지역 사람들을 감동시켰습니다. 우리가 이 영화들을 만들 기회를 누린 것은 J.K. 롤링이 책을 쓰고 워너브라더스가 그 오랜 세월 동안 우리를 응원해 줬기 때문이었어요. 하지만 팬들의 열정이나 매번 새롭고 색다른 해리 포터를 경험하기 위해 계속해서 영화를 보러 와준 그분들의 관심과 열망이 아니었더라면 워너브라더스에서 그토록 넉넉하게 지원해 주지 않았을 겁니다. 팬들이 다예요. 팬들이 없었다면 우리도 이 자리에 없었을 겁니다."

2쪽: 《호그와트의 역사》 표지. 미라포라 미나와 에두아르도 리마가 디자인했다. 헤르미온느는 〈해리 포터와 죽음의 성물 1부〉에서 이 책을 마법 가방에 챙긴다.
4쪽: 리처드 해리스가 연기한 알버스 덤블도어 교수. 〈해리 포터와 마법사의 돌〉 결말 부분에 나오는 연회 장면이다.

CHAPTER 1

음식과 음료

"호박 파이 2개 주세요."

초 챙, 〈해리 포터와 불의 잔〉

대연회장에서의 연회

"연회를 시작합니다!"

알버스 덤블도어, 〈해리 포터와 마법사의 돌〉

〈해리 포터〉 영화 시리즈 중 대연회장에 나오는 모든 음식은 소품 팀에서 '제작'했다. 소품 제작자 피에르 보해나가 말한다. "1편 〈해리 포터와 마법사의 돌〉에서 제작진은 중요한 선택을 해야 했어요. 첫 연회 장면은 닷새에서 엿새에 걸쳐 촬영해야 했고 메뉴는 칠면조, 닭다리, 옥수수, 으깬 감자 등이었죠." 선택할 것은 실제 음식과 모형 중 어느 쪽이 비용 대비 더 효과적이냐는 것이었다. 크리스 콜럼버스 감독은 진짜 음식을 쓰기를 원했다. 소품 감독인 배리 윌킨슨이 말한다. "크리스 콜럼버스 감독은 모조품을 싫어했어요. 그래서 우리는 먼저 어떻게 450명의 학생들을 먹일까를 고민했죠. 조명 때문에 음식이 금방 상해서 계속 바꿔줘야 했어요." 그런 이유로 세트 주변에 이동식 부엌 4개가 설치되었다. 보해나가 말한다. "그렇게 사흘 동안 촬영했더니 엉망이 되었어요. 아무도 실제로 먹지 않아서 음식이 그대로 남았죠. 따뜻하고 먹음직스럽게 유지하기는 힘들었고, 고약한 냄새가 났어요." 세트 장식가 스테퍼니 맥밀런도 동의한다. "음식이 얼마나 끔찍해졌는지 말도 못해요."

하지만 이 방식은 2편 〈해리 포터와 비밀의 방〉에서도 이어졌다. 피에르 보해나가 말한다. "메인 요리가 있는 대연회 장면이 없었거든요. 식사가 끝날 무렵의 장면이 나왔죠. 그래서 푸딩 같은 후식을 많이 만들었어요." 〈해리 포터와 아즈카반의 죄수〉에서 알폰소 쿠아론이 감독이 되면서 음식은 모형으로 바뀌었지만, 때로는 진짜 음식을 사용하기도 했다. 〈해리 포터와 불사조 기사단〉의 슈크림 케이크는 진짜 견과와 슈크림으로 만들어졌지만, 그 위에 뿌린 초콜릿 소스는 소품 팀에서 만든 것이어서 전혀 먹을 수 없었다.

6쪽: 〈해리 포터와 마법사의 돌〉의 대연회장 모습. 400여 명의 학생이 30미터 길이 테이블에서 식사했다.
8쪽: 〈해리 포터와 마법사의 돌〉에서 해리 포터가 그리핀도르 기숙사에 배정된 뒤 연회장의 첫 연회에 참석한 모습. (왼쪽에서 오른쪽으로) 헤르미온느 그레인저, 해리 포터, 퍼시 위즐리(크리스 랭킨), 리 조던(루크 영블러드).
위, 아래: 그래픽 팀에서 디자인한 호박 주스 병과 라벨.

대연회장의 아침 식사

> "제품에 문제가 있으면,
> 부엉이를 통해 반송해 주세요."
>
> 픽시 퍼프스 시리얼 상자에 적힌 문구,
> 〈해리 포터와 아즈카반의 죄수〉

마법사 세계에서도 하루 중 가장 중요한 식사는 아침이다. 다른 모든 식사처럼 아침 식사도 대연회장에 차려지는데 토스트와 버터, 돼지 머리 모양 꼭지에서 나오는 우유와 주스가 있다. 크레이지베리 잼, 금지된 숲의 꽃꿀, 호그와트 집요정이 만든 오렌지 과육 마멀레이드 병에는 유통기한(물고기자리의 6월)이 표시된 라벨이 붙어 있다. '치어리 아울스', '픽시 퍼프스' 같은 마법사 시리얼 브랜드도 보인다. 그래픽디자이너들은 사은품, 광고 문구, 성분 목록까지 담긴 시리얼 상자를 디자인했다. (허니듀크스에서 제조한) 픽시 퍼프스는 치아에 아주 좋지 않다. 설탕, 포도당 과당 시럽, 아프리카 꿀, 포도당 시럽, 당밀, 마법 니아신, 철분, 섬유질, 리보플라빈, 초코, 픽시 가루 성분으로 제조되었기 때문이다.

위: 〈해리 포터와 혼혈 왕자〉에서 그리핀도르 파수꾼으로 첫 퀴디치 경기에 나서는 론이 경기 전 아침 식탁에서 잘 먹지 못하자, 맞은편에 앉은 지니 위즐리, 해리 포터, 헤르미온느 그레인저가 론을 격려하고 있다.
오른쪽: (스크릿 오일을 새롭게 첨가한) 치어리 아울스 마법 시리얼 상자의 앞면과 뒷면.
왼쪽: 돼지 머리 모양 뚜껑이 달린 오렌지 주스 병.
11쪽: 〈해리 포터와 혼혈 왕자〉에서 대연회장에 차려진 푸짐하고 건강에 좋은 아침 식사.

식당과 술집

"리키 콜드런! 완두콩 수프를 조심해!"

나이트 버스의 말하는 머리, 〈해리 포터와 아즈카반의 죄수〉

〈해리 포터와 마법사의 돌〉에서 해리 포터는 글자 그대로 리키 콜드런을 통과해 마법사 세계로 들어간다. 마법사들이 버터 맥주나 뱀장어 피클 등을 사 먹는 술집인 리키 콜드런은 여관도 겸하고 있어서, 〈해리 포터와 아즈카반의 죄수〉에서 해리가 거기 머물다가 위즐리 가족을 만나기도 한다. 해리는 같은 영화에서 호그스미드에 있는 술집인 스리 브룸스틱스도 방문하는데, 그곳은 〈해리 포터와 불사조 기사단〉과 〈해리 포터와 혼혈 왕자〉에도 등장한다. 아늑하고 친근한 이 술집들은 비밀스러운 대화나 안전한 이동을 보장하기도 한다. 〈해리 포터와 불사조 기사단〉에서 덤블도어의 군대는 호그스미드에 있는 허름한 술집 호그스 헤드에서 만난다. 〈해리 포터와 죽음의 성물 2부〉에서는 알버스 덤블도어의 동생 애버포스가 그곳을 운영한다는 사실

이 밝혀진다.

이런 술집들에서 판매하는 버터맥주 등의 여러 음료 병과 술통은 그래픽 팀에서 라벨을 붙였다. 그래픽 팀은 몇 가지 위스키, 꿀술, 음료수들의 브랜드를 만들어 냈다. 스리 브룸스틱스에서는 블랙캣 감자 칩과 자체 제조 브랜드인 스펠바인딩 땅콩 같은 간단한 음식도 판매한다.

위: 다이애건 앨리의 리키 콜드런(새는 솥단지)의 간판은 이름만큼이나 독특하다.
아래: 버터맥주 통과 백랍 잔, 하루의 마지막 주문을 알리는 작은 종.
13쪽 위: 〈해리 포터와 불사조 기사단〉에서 손님들을 위해 테이블을 차려놓은 스리 브룸스틱스 참고 사진.
13쪽 아래: 그래픽 팀에서 만든 몇몇 스리 브룸스틱스 상품의 라벨.

"난 옛날부터 이 술집 단골이었어.
술집과 내가 같이 늙어가는 거지!"

호러스 슬러그혼, 〈해리 포터와 혼혈 왕자〉

버로의 음식들

몰리 위즐리는 스웨터와 목도리만 뜨는 게 아니다. 잼도 만드는 몰리는 거기에 '기막힌 마멀레이드', '딸기 잼', '집에서 만든 냠냠 꿀' 같은 라벨을 붙인다.

위: 〈해리 포터와 혼혈 왕자〉에 나오는 버로의 크리스마스 파티 식탁. 죽음을 먹는 자들에게 공격받기 전이다.
아래: 몰리 위즐리가 집에서 만든 잼의 라벨들. 그래픽 팀은 몰리의 뜨개질 옷처럼 소박한 수공예 느낌을 주었다.
15쪽 오른쪽과 왼쪽 아래: 〈해리 포터와 죽음의 성물 1부〉에서 해리, 론, 헤르미온느가 방문한 루치노 카페의 상품 라벨과 메뉴. 미라포라 미나와 에두아르도 리마 제작.
15쪽 왼쪽 위와 왼쪽 중간: 루치노 카페 세트 참고 사진들.

머글 세계의 음식

〈해리 포터와 죽음의 성물 1부〉에서 빌 위즐리와 플뢰르 들라쿠르의
결혼식에 죽음을 먹는 자들이 들이닥치자 해리 포터, 헤르미온느 그
레인저, 론 위즐리는 (미라포라 미나의 아들의 이름을 따서 지은) 루치노
카페에 숨는다. 그래픽 아티스트들은 가게에서 파는 음료의 라벨을 디
자인했는데, 오렌지 탄산 음료수 리마 러시처럼 개인적 취향을 분명히
드러내는 것들도 포함되어 있다.

트라이위저드 대회 환영 연회

"당분간 이 성에는 아주 특별한 손님들이 묵게 됐습니다."

알버스 덤블도어, 〈해리 포터와 불의 잔〉

스테퍼니 맥밀런은 말한다. "연회는 전에도 해봤죠. 하지만 이렇게 디저트가 많이 필요한 연회는 처음이었어요." 호그와트는 〈해리 포터와 불의 잔〉에서 트라이위저드 대회를 위해 그곳을 찾은 보바통과 덤스트랭 마법학교 학생들을 환영하는, 초콜릿 애호가의 꿈이 실현된 듯한 파티를 개최한다. "그 파티가 여태까지 열린 다른 연회들과는 다르기를 바랐어요. 초콜릿이 어린 학생들의 파티에 잘 어울릴 거라고 생각했죠." 맥밀런은 이렇게 결정하게 된 숨은 동기를 털어놓았다. "어린 배우들이 좋아할 것 같았어요. 칠면조나 소고기 구이는 너무 많이 봤으니까요. 그리고 무언가를 극한까지 추구해 보는 건 재미있는 일이죠." 맥밀런은 (트라이위저드 대회니까) 화이트 초콜릿, 밀크 초콜릿, 다크 초콜릿의 세 가지 색깔을 염두에 두고 장면을 디자인했다. 많은 음식이 다양한 방식으로 이 세 가지 색깔을 모두 담았는데, 마이크 뉴얼 감독은 전체적인 분위기를 살펴보고 맥밀런에게 단조로움을 깰 다른 색깔들도 넣어달라고 요청했다. 맥밀런이 말한다. "처음에는 초콜릿 밀크셰이크도 넣으려고 했는데 조금 지나친 것 같았어요. 그래서 맑은 분홍색 음료를 놓고 분홍색 사탕도 조금 놓았죠." 이와 더불어 맥밀런이 1편부터 사용한 금색 접시와 컵, 숟가락과 포크가 색채를 다양하게 만들었다.

다양한 후식 목록에는 영국의 전통 후식과 마법사스러운 후식이 포함됐다. 소품, 미술, 세트 장식 팀이 모두 이 일에 협력했다. 프로덕션 디자이너 스튜어트 크레이그와 맥밀런은 우선 음식의 모양이 테이블에서 어떻게 보일지를 살폈다. 맥밀런이 말한다. "음식을 높다랗게 쌓았을 때 어떻게 해야 모양이 예쁘게 나올까를 연구했어요. 아이들이 식탁에 앉으면 음식은 방 한구석의 컴컴한 덩어리들처럼 되거든요." 이 문제를 극복하기 위해서 다단 케이크, 슈크림 케이크, 아이스크림 탑이 테이블에 죽 놓였다. 어떤 음식을 실제로 만들고, 어떤 음식을 모형으로 할지 결정하는 일에는 현실성이 작용했다. 맥밀런은 설명한다. "녹아내리지 않는 것은 실제 음식으로 만들 수 있지만 녹는 것은 그럴 수 없었어요." 그래서 실제 초콜릿도 많이 사용했지만 수지로 만든 음식도 많았다. 맥밀런은 뭐가 진짜인지 관객이 구별하기는 쉽지 않을

위: 〈해리 포터와 불의 잔〉에서 트라이위저드 대회에 참가한 보바통과 덤스트랭 학생들 환영 연회를 위해 세트 디자인과 소품 제작 팀은 〈해리 포터〉 시리즈 최초로 디저트 메뉴를 선보였다.

17쪽: 세트 디자이너 스테퍼니 맥밀런은 이따금 보이는 분홍색 요소들과 연회장의 금색 식기로 밀크, 다크, 화이트 초콜릿 색상 배합에 활기를 더했다.

거라고 느꼈다. "접시 위의 작은 초콜릿들이 진짜가 아니라는 걸 알아보기는 아주 어려울 거예요. 피에르 보해나의 팀은 진짜 같은 음식을 아주 잘 만들거든요. 관객들은 깜박 속을 거예요. 하지만 그 위에 놓인 견과들은 진짜예요."

맥밀런이 특히 좋아한 디저트는 '슈크림 케이크'였는데, 진짜 슈크림을 쌓아 올린 뒤에 가짜 초콜릿 소스를 뿌려 완성한 작품이었다. 또 하나는 테이블에 쪼르르 놓인 작은 흰색 초콜릿 생쥐였다(분홍색도 가끔 있었다). "이건 1,000개로 시작했어요. 어린 배우들이 먹을 수도 있다고 생각해서요." 맥밀런이 털어놓았다. 다른 디저트들도 동물과 자연에서 아이디어를 얻었다. 개구리 초콜릿은 반짝이는 크림 케이크 위에 앉아 있다. 토끼가 들어간 신사 모자 모양 케이크는 진짜 신사 모자로 모양을 떠서 만들었다(토끼까지 모양을 뜨지는 않았다). 맥밀런이 말한다. "처음에 모자 케이크를 16개 만들었는데, 모두 아주 좋아해서 마지막에는 64개가 되었어요. 〈해리 포터〉 영화에서는 모든 게 대량이에요. 한두 개로는 어림없죠. 늘 수백 개예요." 호박 케이크는 해그리드의 정원에 소품으로 쓴 호박으로 모양을 떠서 만들었다. 상석 테이블에는 불사조 장식 케이크들이 놓였다. 처음에는 호그와트의 네 기숙사를 상징하는 케이크를 만들려고 했지만, 디자이너들은 덤블도어 근처에 그의 불사조 폭스를 표현한 케이크를 몇 개 놓는 게 더 간단하다고 결정했다.

이 중 특히 놀라운 것은 아이스크림콘 탑이다. 맥밀런이 웃으며 말한다. "이 아이스크림은 녹지 않아요! 마음에 드는 콘 모양을 발견해서 모양을 뜨고, 소품 팀이 그것으로 멋지게 작업했죠. 실제로는 아주 무겁지만 덕분에 공간에 활기가 더해졌어요." 〈해리 포터와 아즈카반의 죄수〉의 파티에서 그와 비슷한 것을 만들었던 피에르 보해나는 그 기술을 더욱 발전시켜서 활용했지만, 안타깝게도 전혀 먹을 수 없었다. "샌드블래스팅에 쓰는 유리 가루하고 수지를 결합해서 만들었어요. 그 유리 가루들이 멋진 광채를 내죠. 예쁘게 반짝거리고 아이스크림 같은 느낌을 줍니다. 우리는 아주 여러 가지 방법을 개발했어요. 무언가를 본뜨려면 그것을 대량으로 구매해서 연구하고 생각하죠. 어떻게 해야 이런 느낌, 이런 모습을 만들 수 있을까 하고요. 성공하기 위해서는 당연히 많은 아이디어와 실험을 거쳐야 해요." 파티 음식이 모두 결정되고 디자인이 완성되자, 소품 팀은 파티에 참석할 수백 명을 위해 음식 수백 개를 제작해야 했다. 맥밀런이 말한다. "온갖 종류의 케이크가 있었고, 마이크 뉴얼이 요청한 젤리 커스터드도 있었어요. 화려한 리본 케이크 하나는 자르면 안에 든 진한 럼 초콜릿이 흘러나오도록 만들었죠. 뭐, 그렇게 되라고 바라면서 만들긴 했어요!"

18~19쪽: 1,000개도 넘는 흰색(가끔씩 분홍색) 생쥐가 호그와트 테이블에 차려진 젤리 커스터드, 슈크림 케이크, 토끼가 든 신사 모자 케이크 사이에 구불구불 놓여 있다. 디저트들의 높이가 다양해지도록 '안 녹는 아이스크림' 탑 80개가 케이크와 푸딩 사이에 놓였다. 콘에 담긴 '안 녹는' 소프트 아이스크림 역시 높이가 제각각이다.

크리스마스 무도회 연회

"크리스마스 무도회는 트라이위저드 대회가 생긴 이후로 계속돼 온 전통입니다."

미네르바 맥고나걸, 〈해리 포터와 불의 잔〉

세트 장식가 스테퍼니 맥밀런은 〈해리 포터와 불의 잔〉에서 두 번의 연회를 치렀다. 하나는 환영 연회고, 또 하나는 트라이위저드 대회 크리스마스 무도회다. 맥밀런은 다시 한번 새로운 음식을 찾았다. "이번에는 해물이 맞을 것 같았어요. 그때까지 나온 적이 없었으니까요." 〈해리 포터〉 1편에서 진짜 음식을 사용해 본 맥밀런은 이번에는 음식 대부분을 수지로 만들었다. 맥밀런의 팀은 가짜 생선을 만들기 위해 런던의 유명 수산시장 빌링스게이트에서 많은 바닷가재와 게, 새우, 조개를 사 왔다. 그중 일부는 수지 주형을 만드는 데 사용했지만, 일부는 파티에 실제로 쓰였다. 하지만 그것들은 스튜디오의 조명에 상하지 않도록 특수 처리를 해서 먹을 수 없었고, 냄새도 나지 않았다.

위, 아래: 〈해리 포터와 불의 잔〉의 크리스마스 무도회 연회.
배경 그림: 테이블의 얼음 조각 장식 위치와 높이에 대한 메모.
21쪽: 수지로 만든 얼음 조각 앞에 놓인 수지 조개와 약간의 진짜 조개가 새로운 유형의 호그와트 파티를 보여준다. 피에르 보해나와 소품 팀이 만든 투명한 얼음 조각은 브라이턴의 로열 파빌리온과 유사하다.

마법사 음악

크리스마스 무도회에서는 두 악단이 연주를 한다. 무도회의 시작과 함께 대표 선수들은 플리트윅 교수가 지휘하는 학생 오케스트라의 음악에 맞춰 왈츠를 춘다. 오케스트라가 연주하는 수지로 만든 투명 악기는 연회장을 장식한 얼음 조각들과 잘 어울린다. 호그와트 오케스트라 단원을 연기한 사람들은 에일즈버리 뮤직 센터 브라스밴드의 11~19세 단원들이다. 이후에는 마법사 록 밴드가 무대에 오른다. 피에르 보해나가 말한다. "밴드의 악기를 전부 만들었어요. 3.6미터 높이 백파이프하고 투명한 대형 심벌즈, 키보드, 기타, 드럼이었죠. 실제로 작동하지는 않지만 그럴듯해 보였어요." 밴드는 커다란 크롬 확성기 벽 앞에서 공연한다. 프로덕션 디자이너 스튜어트 크레이그는 "그 밴드로 파티 분위기를 만들려고 했"다고 말한다. "그런데 호그와트에는 전기가 없거든요. 그래서 모든 것이 증기로 움직이죠!"

맨 위: (왼쪽부터) 플리트윅 교수, 밴드 펄프의 베이시스트 스티브 매키와 보컬 자비스 코커, 라디오헤드의 기타리스트 조니 그린우드, 애드 엔 투 엑스(Add N to [X])의 백파이퍼 스티븐 클레이던이 크리스마스 무도회에서 음악을 연주하고 있다. 마이크 뉴얼 감독은 학창 시절의 댄스 파티처럼, 격식을 차린 춤으로 시작해서 "나중에는 머리를 풀어헤치고 정신없이 노는" 분위기를 만들고자 했다.

중간: 플리트윅 교수(워릭 데이비스)가 마법사 록 밴드를 소개하고 있다. 플리트윅이 공연 중간에 객석으로 몸을 던져서 파도를 타는 장면은 데이비스의 아이디어였다. 아무도 그에게 그런 일을 시키지 않을 것 같았기 때문이다!

아래: 악기들과 같은 투명 수지로 만든 얼음 악보대가 학생 오케스트라를 기다리고 있다. "그 위에 백색 조명을 비추면 분홍색이 되었기 때문"에 수지에 조명을 비추기가 어려웠다고 피에르 보해나는 말한다. 결국 조명 젤이 얼음의 푸르스름한 색을 만들었다.

23쪽 위: 넥이 3개 달린 조니 그린우드(오른쪽)의 기타가 트라이위저드 대회와 잘 어울린다. 그 옆의 스티븐 클레이던은 황당한 비율의 백파이프를 연주하고 있다.

23쪽 아래: 100개의 확성기 앞에서 공연하는 마법사 밴드. 이 장면은 일정 막바지에 찍어서 배우와 제작진은 긴장을 풀고 촬영할 수 있었다.

위즐리가 결혼식

"아직 추적 마법이 걸려 있잖아. 결혼식도 있고."

론 위즐리, 〈해리 포터와 죽음의 성물 1부〉

〈해리 포터와 죽음의 성물 1부〉에서는 혼란스러운 사건들이 들이닥치기 전에 위즐리가의 장남 빌과 보바통 트라이위저드 대표 선수 플뢰르 들라쿠르의 밝고 행복한 결혼식이 열린다. 손님들은 거대한 천막 안에서 춤추고 대화하며 접시에 놓인 군침 도는 과자를 먹는데, 작고 예쁜 케이크와 과자 들은 대부분 실리콘 고무로 만든 것이었다. 스테퍼니 맥밀런이 말한다. "먹는 연기를 해야 하는 사람들 앞에는 진짜 음식을 놓았어요. 고무 음식은 장식에도 적합했지만, 천막이 망가지고 손님들이 달아나는 장면 때문에도 필요했죠." 맥밀런은 작은 케이크들을 어떤 크기로 만들지 몇 번 시도해 봐야 했다고 말한다. 〈해리 포터〉 영화에서는 대체로 물건들이 실물보다 크기 때문에 처음에는 케이크를 아주 크게 만들었어요. 그래서 다시 만들어 봐야 했죠." 영화 시리즈에서 진짜 음식을 만들었던 가정학자가 백조 머랭을 만들기 위해 다시 왔다. 맥밀런이 말한다. "아주 예뻤지만 여전히 너무 컸어요. '내가 원하는 크기가 아니에요'라고 말하기가 힘들었죠." 하지만 소품 팀은 곧 맥밀런이 원하는 작은 크기의 케이크를 만들 주형을 받아 케이크 4,000개를 제작했다. 피로연 음식은 3층짜리 디저트 스탠드에 놓였다. 맥밀런이 골동품점에서 본 유리 스탠드를 '잘 깨지는' 투명 아크릴 수지로 재현한 것이었다.

결혼식에서 가장 중요한 음식이 케이크라는 점은 위즐리가의 결혼식에서도 예외가 아니었다. 플뢰르 들라쿠르가 프랑스 출신이기 때문에 결혼식 장식은 전체적으로 프랑스풍이었다. 맥밀런은 케이크의 아이싱에 '트레야주'라고 불리는 18세기 프랑스 정원의 쇠창살 아치 무늬를 새기기로 했다. 정교한 스탠드에 올린 4층 케이크를 감싼 그 디자인은 먼저 종이에 디자인했다가 컴퓨터로 옮겨서 형판을 만들었다. "그 방법으로 시간을 많이 절약했어요. 케이크를 만들 시간이 많지 않았거든요." 보해나가 말한다. 트레야주를 먹을 수 없는 물질로 만든 것은 배우들이 조금씩 뜯어먹는 것을 막기 위해서가 아니라, 진짜 아이싱을 쓰면 그 무게가 케이크 크기에 비해 너무 무거워지기 때문이었다. "실제 케이크 부분은 고전적인 모양이지만 비율이 굉장히 늘어났어요. 스튜어트 크레이그가 아주 크고 길쭉한 케이크를 만들려고 했거든요."

케이크 디자인이 끝났을 때, 스테퍼니 맥밀런은 죽음을 먹는 자들이 습격해서 결혼식 손님들이 놀라 달아날 때 누가 케이크에 빠지면 좋겠다는 생각을 했다. 보해나가 말한다. "그래서 갑자기 사람이 빠지면 크림과 빵이 사방으로 튀는 소품 케이크를 연구해 봤죠. 그런데 그 일은 불가능해 보였어요. 케이크 각 층 밑바닥의 크림 아이싱이 너무 가벼워서 10킬로그램이 넘는 케이크 무게를 지탱할 수 없었거든요." 그러나 〈해리 포터〉 소품 팀은 이 작업이 불가능하다고 보지 않았다. "우리는 그 일이 가능하도록 만들었어요. 케이크를 발포 폼으로 만들

고, 그 안에 아주 가벼운 폼 튜브와 스폰지 케이크와 크림을 채웠죠. 그런 뒤에 실제로 스턴트맨이 거기 떨어지는 장면을 촬영까지 했지만, 격렬하고 공포스러운 분위기에 어울리지 않는 코믹한 느낌이 들어서 결국 쓰지 않았죠." 하지만 보해나는 그 노력이 낭비였다고는 생각하지 않는다. "우리는 또 한 가지 방법을 배웠어요. 그게 언제 다시 필요할지는 모르는 일이죠."

위: 헤르미온느 그레인저의 구슬 장식 핸드백.

아래: "잘 깨지는 재료"로 제작된 3층짜리 스탠드에 고무로 만든 에클레어, 타르트, 백조 머랭이 담겨 있다. 이것들은 죽음을 먹는 자들이 빌 위즐리와 플뢰르 들라쿠르의 결혼식에 난입했을 때 모두 안전하게 부서졌다.

배경 그림: 테이블에 놓인 프랑스식 유리 촛대 설계도(줄리아 드호프). 촛대 기둥은 고무와 잘 부서지는 유리로 만들어졌다. 전기 젤리 조명 '촛불'은 실제로 배우들의 얼굴에 빛을 비췄다.

25쪽 왼쪽: 에마 베인의 트레야주 케이크 스케치. 섬세한 아이싱 디자인의 비율과 배치를 볼 수 있다.

25쪽 오른쪽: 완성된 케이크. 스탠드마다 설탕을 입힌 작은 과일들이 놓였고, 아래쪽에는 파손 위험이 있으니 손대지 말라는 경고문이 붙었다.

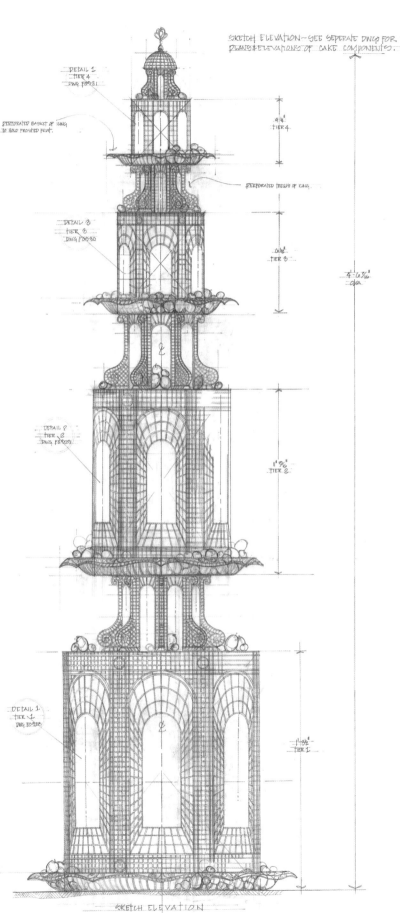

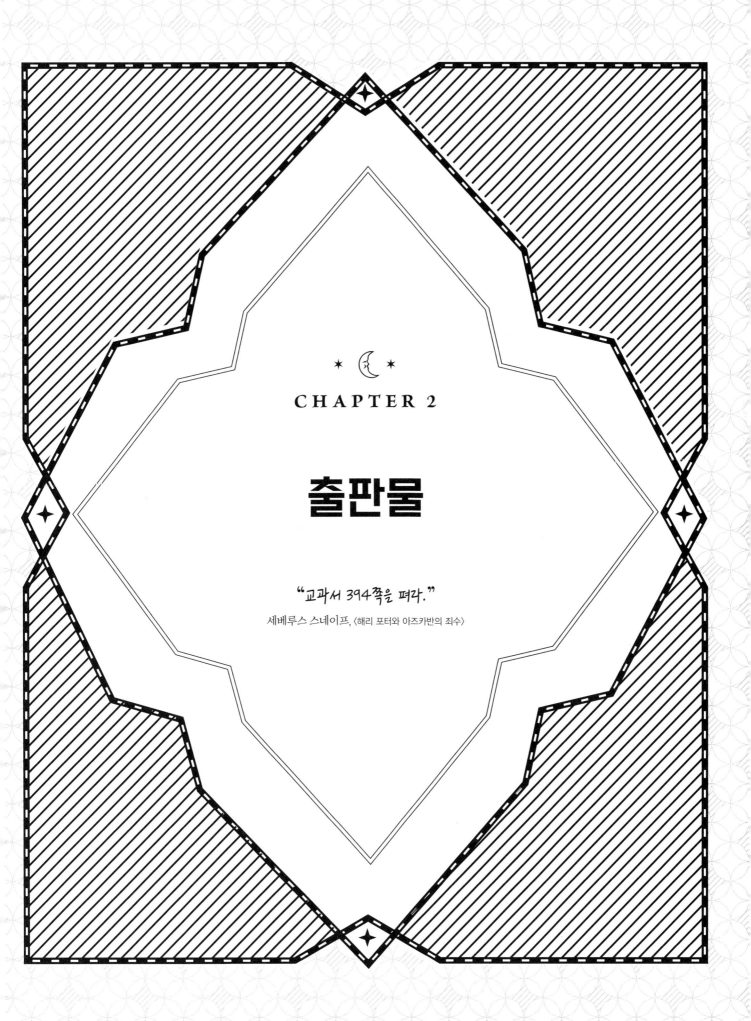

CHAPTER 2

출판물

"교과서 394쪽을 펴라."

세베루스 스네이프, 〈해리 포터와 아즈카반의 죄수〉

신문과 잡지

"이름을 불러서는 안 될 그 사람이 돌아오다."

《예언자일보》의 제목, 〈해리 포터와 불사조 기사단〉

신문들이 소용돌이치다가 느려지면서 중요한 소식의 헤드라인을 드러내는 시각효과는 영화에서 흔히 쓰인다. 〈해리 포터〉 영화의 신문과 잡지는 이 익숙한 관행을 따르면서도 거기에 독특한 변화를 주어서, 신문 헤드라인 밑에 움직이는 이미지를 쓰는 방법으로 내용을 진행시키거나 중요 정보를 강조한다. 중요한 내용 전개 장치인 《예언자일보》와 《이러쿵저러쿵》은 어둠의 세력이 일어나고, 해리 포터 무리가 거기 맞설 때 여론이 어떻게 움직이는지를 보여준다.

26쪽: 〈해리 포터와 죽음의 성물 1부〉에서 죽음을 먹는 자들의 습격으로 망가진 《이러쿵저러쿵》의 편집자 제노필리우스 러브굿의 인쇄기.

왼쪽: 그리몰드가 12번지에서 열린 불사조 기사단 회의에서 해리 포터가 론 위즐리와 리머스 루핀(데이비드 슐리스) 맞은편에 앉아 《예언자일보》 최신호를 읽고 있다.

오른쪽: 마법사 세계의 잡지로는 루나 러브굿의 아버지 제노필리우스 러브굿이 발간하는 《이러쿵저러쿵》(〈해리 포터와 죽음의 성물 1부〉와 〈2부〉에 등장한 발행분)과 〈해리 포터와 혼혈 왕자〉에서 론 위즐리의 침대맡 테이블에 놓여 있던 퀴디치 잡지 《주간 수색꾼》 등이 있다.

29쪽: 〈해리 포터와 죽음의 성물 1부〉 도입부에서 점점 거세지는 머글 혐오 사건을 보도하는 《예언자일보》.

30~31쪽: 디지털로 만들 기사와 사진의 복잡한 배치와 움직임을 설명하는 〈해리 포터와 불사조 기사단〉 속 《예언자일보》 스토리보드.

《예언자일보》

"잠깐만요. 《예언자일보》에 널 사진입니다."

《예언자일보》 사진기자, 〈해리 포터와 비밀의 방〉

주인공이 시리즈의 모든 편에 나오듯 주인공 소품 중에도 그런 것이 있다. 《예언자일보》는 이야기 진행의 중요 요소이자 마법 세계 제일의 종이 신문으로서 모든 편에 빠지지 않고 등장한다. 신문의 이미지가 움직인다는 설정은 영화 제작 초기부터 알려져 있었기 때문에, 그래픽디자이너 미라포라 미나와 에두아르도 리마는 그것과 활자가 어우러지는 방법을 고민해야 했다. 미나가 말한다. "처음에는 글자도 함께 움직여 볼까 생각했어요. 그래서 몇몇 기사를 소용돌이 꼴이나 이런저런 모양으로 만들어 봤죠." 5편까지 《예언자일보》는 글이 실린 모양 자체가 스토리와 관련된 경우가 많았다. 〈해리 포터와 아즈카반의 죄수〉에서 위즐리 가족의 이집트 여행 기사는 피라미드 형태고, 〈해리 포터와 불의 잔〉에 실린 해리 포터와 트라이위저드 대회에 대한 리

타 스키터의 기사는 우승컵 모양이다. 미나가 만든 신문의 헤드라인 서체는 프로덕션 디자이너 스튜어트 크레이그가 영화의 건물들에 활용한 고딕 스타일을 반영했다. 다른 서체들은 고서적과 19세기 광고, 옛 서간 등에서 따왔지만 "실제 기사 내용을 읽을 수 없는 서체를 써야" 했다고 미나는 덧붙인다. 디자이너들은 처음에는 아이디어 차원에서 움직이는 이미지를 스케치해 넣어서 시각효과 팀에 보냈다. 리마는 "승인을 받기 위해서"였다고 말한다. "하지만 그러면 '좋네요, 그런데 그 이미지를 쓰진 않을 것 같아요'라는 답이 왔어요." 그래서 미나와 리마는 얼마 후부터는 큰 글씨로 '그림 자리'라고만 써서 보냈다. 디자인을 확정해서 마침내 인쇄한 신문의 이미지 자리에는 당연히 그린스크린 재료가 있었다.

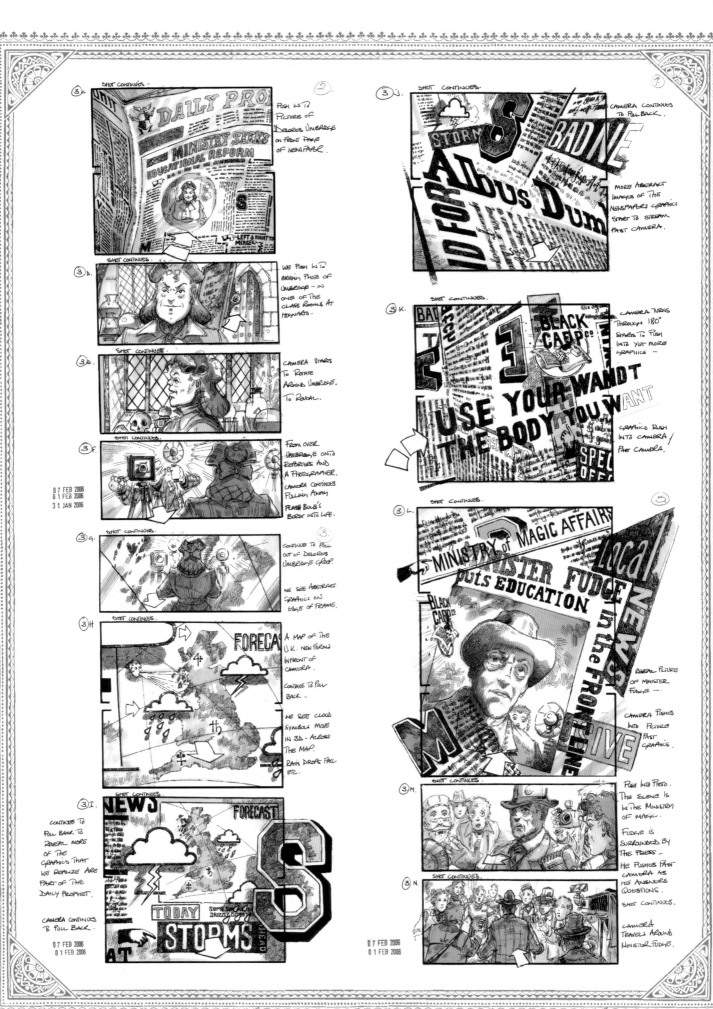

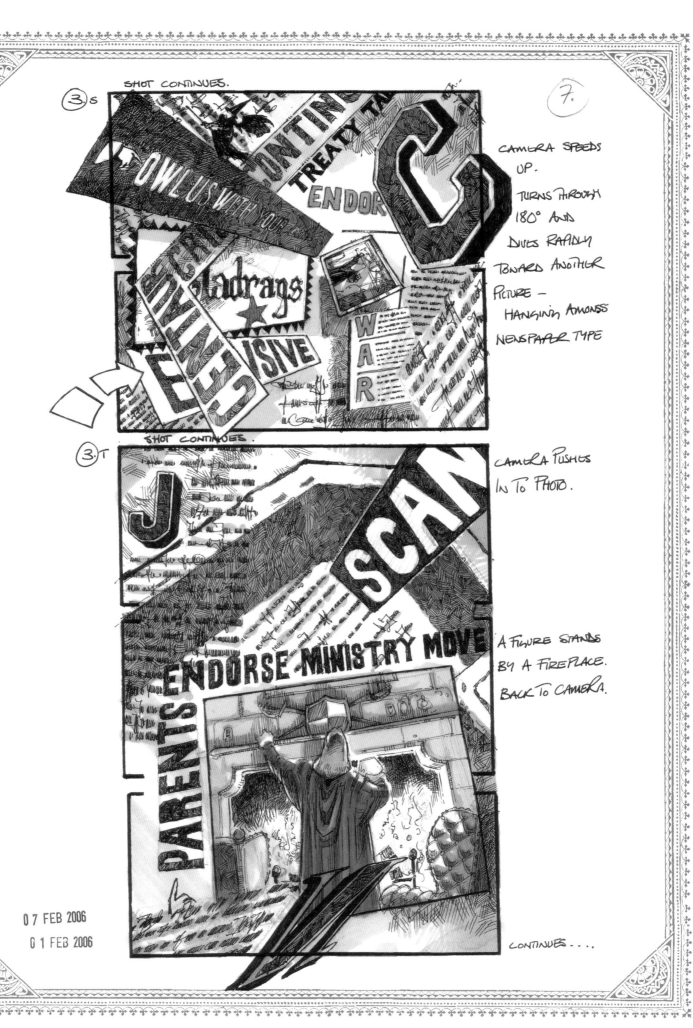

bewitch · beguile  spellbind conjure enchant divinate

The DAILY PROPHET

THE WIZARD WORLD'S BEGUILING BROADSHEET OF CHOICE

10,000 GALLEONS ON POTTER'S HEAD SEE INSIDE FOR FULL DETAILS PG.3

NATIONAL WEATHER
SOUTH - SUNNY PERIOD - 2C
NORTH - CLOUDY & RAIN - 3C
EAST - SUNNY PERIOD - 5C
WEST - CLOUDY & RAIN - 3C

ZODIAC ★ ASPECTS

FIRST-SECOND EDITION
Nº 26/01/1968 · London · UK
TODAY in ARIES
Letters or vibes to the Editor should
be sent only "by owl post" and with a
clear mind to The Daily Prophet - UK

HARRY POTTER
UNDESIRABLE
Nº 1

NEW HEADMASTER FOR HOGWARTS · SEVERUS SNAPE CONFIRMED

WIZARDING PARENT'S BACK DECISION

COMPULSORY I.D. CARDS · IMPOSED BY THICKNESSE

— e. limus **4** — SPORTS **3** — security **17** — MINISTRY AFFAIRS **20** — potions **19**

POTTER LIES LOW

DECOMMISSIONED · WANDS CONFISCATED

AURORS

미나는 《예언자일보》가 일간지이기 때문에 신문이 새것처럼 보여야 한다고 생각했지만, 제작진이 흰 종이를 좋아하지 않아서 약간 누런색을 띠게 되었다. 이번에도 물감 재료로 사용된 커피는 신문에 약간의 향기도 더해주었다. 종이들을 바닥에 널어 말린 뒤에는 구겨진 부분을 다림질로 폈다.

헤드라인과 특정 기사는 대본에 나온 대로였지만, 미나와 리마는 (영화제작자의 승인 아래) 그 외의 기사, 고정 코너, 광고를 자유롭게 만들었다. 대부분의 신문처럼 《예언자일보》에는 (마치 에서의 그림처럼 가로인지 세로인지 잘 알 수 없는 칸들을 포함한) 십자말풀이, (트란실바니아 여행권이 걸린) 독자 응모, (부엉이 우편으로 보내는) 독자 투고, 오늘의 운세, 지역 광고, 상담 칼럼 등이 있다. 페이지를 채우기 위해 넣은 헤드라인들 역시 미나와 리마의 몫이었다. 리마는 "재미있었어요"라고 소감을 밝혔다. 미나는 "하지만 우리는 작가가 아니라서 친구와 동료들에게서 아이디어를 얻었"다고 덧붙였다. "붉은 머리 친구가 한 명 있는데, 몇몇 호에 그 친구의 기사를 크게 실었죠. 불법 헤나 사용으로 아즈카반에 갔다가(붉은 머리 마녀, 헤나 폭발에서 살아남다) 나와서 다시 체포된다고요(붉은 머리 마녀, 머글 축구 경기에서 난동을 피우다가 체포되다)." 광고에는 동료 그래픽 아티스트들의 이름도 많이 사용됐다. "물론 우리 이름도 항상 여기저기 넣으려고 했죠." 리마가 말한다. M. 미나와 E. 리마는 '마법사 결투' 결승전 상대로 이름을 올렸고, 두 사람의 이름을 합한 '미널리머스'는 어둠의 마법 방어법 강좌를 연다. 리마를 비롯한 몇몇 사람은 광고 사진에도 등장하는데, 리마는 스쿠버 다이빙 장비를 완전히 갖춘 모습으로 스쿠버 다이빙 주문 강좌 광고를 한다. 리마가 말한다. "그런데 우리만은 아니에요. 우리 어머니도 《예언자일보》에 글을 기고하시죠."

그래픽 팀의 통계에 따르면 영화 여덟 편에 걸쳐 제작된 《예언자일보》는 모두 40호다. 물론 신문 안쪽은 카메라에 보이지 않기 때문에 대체로 같은 내용이었다. 미나에 따르면 "신문은 30부가 필요할 때도 있고 200부가 필요할 때도 있었"기 때문에, 디자인이 확정되면 빠른 속도로 복제해야 했다. "그 일이 쉽지는 않았지만, 우리 팀에는 요정들이 있는 것 같았어요."

〈해리 포터와 불사조 기사단〉에서 마법 정부가 신문 발행을 통제하기 시작하자 신문의 디자인이 변한다. 미나가 말한다. "우리는 데이비드 예이츠 감독과 의논했어요. 예이츠 감독은 신문이 고압적인 느낌을 주기를 원했죠. 누구도 이의를 제기할 수 없고, 모든 것이 마법 정부에서 나온다는 느낌요. 그래서 겉모습이 크게 바뀌었어요." 그래픽 팀은 러시아 구성주의 선전 포스터를 참고했고, 굵은 글씨 등이 구소련 시대의 전체주의적 분위기를 띠었다. "디자인은 언제나 내용의 지원을 받습니다." 미나가 설명한다. 신문 크기는 축소되었고, 예이츠 감독은 모든 것을 반듯하게 인쇄하라고 지시했다. 미나가 다시 말한다. "우리는 1940년대부터의 신문들도 참고했어요. 아주 중요한 기사는 신문 한 면을 모두 채우기도 했죠." 신문 디자인이 변하면서 제호의 디자인도 바뀌었다. 하지만 미나와 리마는 이때 '예언자(Prophet)'의 'P'를 금색으로 바꾸었다. "그렇게 두꺼운 서체에 금색을 쓰면 어느 정도 마법적인 느낌을 주거든요." 미나의 설명이다.

32쪽: 마법 정부의 신문 통제가 시작된 후 발간된 〈해리 포터와 죽음의 성물 1부〉의 《예언자일보》 특별호.

오른쪽: 〈해리 포터와 비밀의 방〉의 《예언자일보》는 디자인과 성격이 장식적이고 자유로웠지만(위), 〈해리 포터와 불사조 기사단〉에서는 장식 없고 각진 디자인으로 변한다(아래).

34~35쪽: 《예언자일보》의 광고에는 여드름 약, 미널리머스의 어둠의 마법 방어법 강좌, 님부스 빗자루 회사의 팸부스 '빗자루 버스' 등이 실렸다.

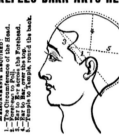

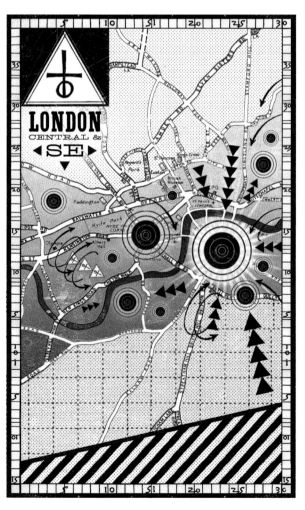

IS YOUR **OWL READY?**
FOR THE **NATIONAL S.M.S**➤

SECRET MESSAGING ★★★ **SERVICE**

DOES YOUR OWL STAND OUT FROM THE REST?

GRADE **1** BIRDS URGENTLY REQUIRED

S.M.S ➤ IS YOUR OWL WORTHY?
RECRUITMENT MEETING at: WOODSIDE ARBORETUM ON: 17/☼☼

★★★ WIZARDING PUBLIC PROTECTION & AWARENESS ★★★

ALWAYS BE: **ON GUARD**

DON'T RISK BEING UNPREPARED
THE ENEMY CAN STRIKE AT ANY TIME

PREPARATION IS THE BEST **PROTECTION**

GRINGOTTS

SAVINGS FREE OF HEXING TAX OF UP TO 2,000 GALLEONS EACH TAX YEAR

START SAVING FROM JUST ONE SICKLE !

JUNIOR WIZARD SAVINGS ACCOUNTS

The value of investments may go down as well as up and the child may not get back the full amount of any additional contributions

IS YOUR FAMILY HEIR BROOM OUT OF DATE?
NOT ENOUGH BROOMS IN THE FAMILY GARAGE?

WE HAVE THE SOLUTION

A REMARKABLE NEW BROOM JOINS
THE NIMBUS FAMILY OF FINE BROOMS
REACH NEW HEIGHTS IN THIS NEW NIMBUS STATION WAGON...
IT'S THE SMARTEST BROOM WHEREVER YOU GO!

NIMBUS STATION WAGON

STAMP OUT THE ENEMY

BE AWARE OF DEATH EATERS
REPORT TO THE MINISTRY IF YOU SPOT ANY SUSPICIOUS WIZARDS

WARNING!
DEATH EATERS ARE AMONG US!

HELP US TO HELP YOU!

YOUR INFORMATION IS VITAL

INFORM IMMEDIATELY
THE MAGICAL LAW ENFORCEMENT SQUAD
OF ANY SUSPICIOUS BEHAVIOUR

EAT AS MUCH AS YOU WANT with the new range of potions from Witch Watchers

DEFENSIVE SPELLS ⊕
(ADVANCED) TRAINING
INTENSIVE COURSE
EXPERT TRAINERS!
MASTER DEFENSIVE WAND SKILLS IN JUST ONE WEEK!
★★★★★

ENROLL NOW
WARNING: MUST BE 18 + TO APPLY
100% MINISTRY APPROVED
No. 1 PROTECTION

COUNTER CURSE

PROTECT AGAINST THE DARK ARTS

Get FREE
for a limited time only

MINISTRY OF MAGIC
WIZARDING PUBLIC AWARENESS
☞ NOTICE No. M39h-z ☜

Practitioners of Dark Arts using New "Rune-Sign Language"
to Bamboozle Bonafide Witches & Warlocks!

REFER TO MANUAL M39h-z FOR CODE-BREAKING INFORMATION

BE VIGILANT!

★★★★★ SERVICES REQUIRED ★★★★★
YOUR MINISTRY NEEDS **YOU**

JOIN THE MINISTRY'S ONLY OFFICIAL ATTACK SQUAD
DON'T FALL VICTIM!
SIGN UP NOW

WARNING: MUST BE OF ADULT WIZARDING STATUS SIGN UP

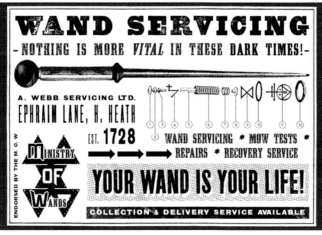

WAND SERVICING
-NOTHING IS MORE *VITAL* IN THESE DARK TIMES!-

A. WEBB SERVICING LTD.
EPHRAIM LANE, H. HEATH
EST. 1728
ENDORSED BY THE M.O.W

MINISTRY OF WANDS

WAND SERVICING ★ MOW TESTS
REPAIRS ★ RECOVERY SERVICE

YOUR WAND IS YOUR LIFE!

COLLECTION & DELIVERY SERVICE AVAILABLE

WATCH YOUR BACK
COVERT DEATH EATERS ARE OMNIPRESENT
REPORT ANY SUSPICIOUS ACTIVITY
FORTHWITH TO THE AUROR OFFICE
AT THE MINISTRY OF MAGIC

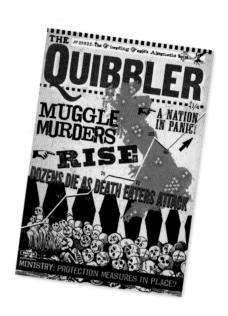

《이러쿵저러쿵》

"《이러쿵저러쿵》? 《이러쿵저러쿵》?"

루나 러브굿, 〈해리 포터와 혼혈 왕자〉

제노필리우스 러브굿은 자신이 편집하는 《이러쿵저러쿵》이 "마법사 세계의 또 다른 목소리"라고 말한다. 〈해리 포터와 불사조 기사단〉에서 처음 등장한 《이러쿵저러쿵》은 신문 용지에 인쇄해 싸구려 잡지 같은 느낌을 준다. 이 잡지는 고대 룬문자의 비밀이나 파이 속에서 요리된 도깨비에 대한 소문도 싣지만, 마법 정부의 진실을 밝히고 해리 포터를 전적으로 지지한다. 미라포라 미나와 에두아르도 리마는 《이러쿵저러쿵》을 만들 때에도 《예언자일보》때처럼 대본에 나오는 기사 제목 아래의 글을 채워 넣어야 했다. 붉은 머리 여자 마법사는 《예언자일보》뿐 아니라 《이러쿵저러쿵》에도 보도된다(가짜 헤나를 소지한 붉은 머리 마녀, 카샴부에서 체포되다). 미나와 리마의 이름은 개별적으로도 사용되고(홉고블린스의 리드 싱어가 미나 리마로 밝혀지다!) 합쳐서도 사용되었다(룬 없이 산 일주일, 에두아포라 머거스). 고정 코너로는 인터뷰와 지역 광고, '깨달음'이라는 제목의 칼럼, 머글 세계 탐구(바코드란 무엇인가?)가 있다. 그러나 실제 기사를 읽고 이해하기는 어렵다. 공간을 채우기 위해 아무렇게나 쓴 글이기 때문이다.

〈해리 포터와 혼혈 왕자〉에 나오는 《이러쿵저러쿵》 특별판은 심령 안경을 제공한다. 루나 러브굿이 투명 망토에 덮인 채로 쓰러진 해리를 발견하는 안경이다(해리의 머리 주변에 랙스퍼트들이 모인 것을 통해 알아본다). 보다 두꺼운 종이로 인쇄된 표지에 타공된 작은 구멍들을 따라 심령 안경을 떼어낼 수 있게 되어 있다.

해리 포터, 론 위즐리, 헤르미온느 그레인저는 〈해리 포터와 죽음의 성물 1부〉에서 제노필리우스 러브굿의 집을 찾아갔을 때 《이러쿵저러쿵》의 제작 현장을 보게 된다. 러브굿의 둥근 집에는 《이러쿵저러쿵》 최신호 5,000부가 여기저기 쌓여 있고, 낡고 큼직한 나무 활자들이 방 이곳저곳에 흩어져 있다. 이 활자들은 스테퍼니 맥밀런이 리브스덴 스튜디오 근처 소도시의 인쇄 박물관에서 빌려 온 것이다. 러브굿의 집에는 인쇄기도 설치되어 있다. 스튜어트 크레이그는 "그 집에서 거주 공간은 아마 4분의 1 정도밖에 안 될 것"이라고 밝혔다. "특수 효과 팀이 1800년대 미국 인쇄기를 토대로 인쇄기를 만들고, 잡지를 컨베이어벨트에 올렸죠. 롤러가 천장과 벽을 오고 가는 모습이 재미있을 거라고 생각했어요. 덕분에 더 역동적이고 재미있어졌을 뿐 아니라 마지막에 파괴할 것도 더 많아졌죠."

위, 37쪽: 루나의 아버지 제노필리우스 러브굿이 발간하는 잡지 《이러쿵저러쿵》. 원래는 달에 사는 개구리나 히말라야의 설인 기사 같은 것만 싣던 싸구려 잡지였는데, 시간이 갈수록 마법 정부에 대항하는 대안 매체가 되어 해리 포터를 강력하게 지지한다.
위 가운데: 《이러쿵저러쿵》 중 특히 인기가 많았던 호에서는 떼어내서 쓸 수 있는 심령 안경을 제공했다. 루나 러브굿(이반나 린치)이 랙스퍼트를 볼 수 있는 이 안경을 쓰고 있다.
아래: 〈해리 포터와 혼혈 왕자〉에서 루나 러브굿이 심령 안경을 제공하는 《이러쿵저러쿵》을 나누어 주는 내용 스토리보드.
38~39쪽: 게임, 주문 쏘는 법, 개인 사연 등과 어딘가 익숙한 이름인 에두아포라 머거스의 원고가 실린 《이러쿵저러쿵》 내부 페이지들.

SECRETS of the ANCIENT RUNES REVEALED

more ancient runes secrets next week

Turn the runes 180° degrees to reveal a spell to be used against your enemy.

turn the page

FINAL Result
KUMQUATS ears & face

Final SPELL

1

1st STEP

pair of →

2x

x6

5x

2

MY WEEK WITHOUT RUNES!
BY EDUAPHORA MERGUS

massa in mi. Sed Mhasellus pulvina quam. Aliquam ultri sem vel dolor. Curabitiou in tellus sit amet ipsumi rmentum posuere. Integer imperdiet interdum magn facilisi. In vel augue itae leo faucibusle faciussis luctus. Etiam con imentum, nulla sed rhonci semper, sapien turpis cu diam, vel laoreet sapien na eget massa. Suspend massa in mi. Sed eget lo Mhasellus pulvinar nisi am ultricil i q se in rm i N Nu facilisis luctus. imentum, nulla se semper, sapien turpis cursi diam, vel laoreet sa eget massa. Susp massa in mi. Sed Mhasellus pulvinar quam. Aliquam ultricil ies sem vel dolor. Curabitiour in lus sit amet ipsumife tum posuere. Integer erdiet interdum magni facilisi. In vel augue vitae leo faucibusleo sis luctus. Etiam cond

Monday
massa in mi. Sed eget lore Mhasellus pulvinar nisi et quam. Aliquam ultricil ies sem vel dolor. Curabitiou in tellus sit amet ipsumife rmentum posuere. Integer imperdiet interdum magni

Tuesday
Nulla facilisi. In vel augue Nunc vitae leo faucibusleo facilisis luctus. Etiam cond imentum, nulla sed rhonci semper, sapien turpis cursi diam, vel laoreet sapienma na eget massa. Suspendisse

Wednesday
massa in mi. Sed eget lore Mhasellus pulvinar nisi et quam. Aliquam ultricil ies sem vel dolor. Curabitiour in tellus sit amet ipsumife

Thursday
facilisis luctus. Etiam cond imentum, nulla sed rhonci semper, sapien turpis cursi diam, vel laoreet sapienma na eget massa. Suspendisse

Friday
n mi. Sed eget lore lus pulvinar nisi et vel dolor. Curabitiour in tellus sit amet ipsumife rmentum posuere. Integer imperdiet interdum magni Nulla facilisi. In vel augue Nunc vitae leo faucibusleo facilisis luctus. Etiam cond

1 2 3 4 5 6 7

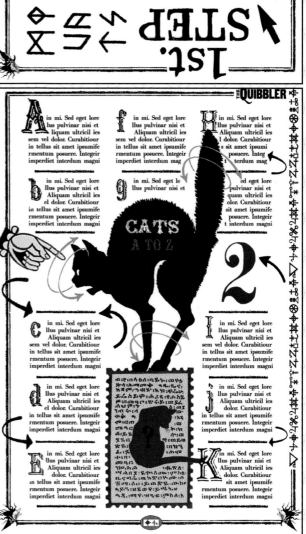

CATS A TO Z

2

A in mi. Sed eget lore llus pulvinar nisi et liquam ultricil ies sem vel dolor. Curabitiour in tellus sit amet ipsumife rmentum posuere. Integer imperdiet interdum magni

f in mi. Sed eget lore llus pulvinar nisi et Aliquam ultricil ies rmentum posuere. Integer in tellus sit amet ipsumife imperdiet interdum mag

H in mi. Sed eget lore llus pulvinar nisi et Aliquam ultricil ies l dolor. Curabitiour s sit amet ipsumi posuere. Integ terdum mag

b in mi. Sed eget lore llus pulvinar nisi et Aliquam ultricil ies el dolor. Curabitiour in tellus sit amet ipsumife rmentum posuere. Integer imperdiet interdum magni

g in mi. Sed eget lo llus pulvinar nisi et

ed eget lore pulvinar nisi et quam ultricil ies olor. Curabitiour sit amet ipsumife posuere. Integer t interdum magni

c in mi. Sed eget lore llus pulvinar nisi et Aliquam ultricil ies sem vel dolor. Curabitiour in tellus sit amet ipsumife rmentum posuere. Integer imperdiet interdum magni

I in mi. Sed eget lore llus pulvinar nisi et Aliquam ultricil ies sem vel dolor. Curabitiour in tellus sit amet ipsumife rmentum posuere. Integer imperdiet interdum magni

d in mi. Sed eget lore llus pulvinar nisi et Aliquam ultricil ies el dolor. Curabitiour in tellus sit amet ipsumife rmentum posuere. Integer imperdiet interdum magni

J in mi. Sed eget lore llus pulvinar nisi et Aliquam ultricil ies dolor. Curabitiour in tellus sit amet ipsumife rmentum posuere. Integer imperdiet interdum magni

E in mi. Sed eget lore llus pulvinar nisi et Aliquam ultricil ies el dolor. Curabitiour ın tellus sit amet ipsumife rmentum posuere. Integer imperdiet interdum magni

K in mi. Sed eget lore llus pulvinar nisi et Aliquam ultricil ies dolor. Curabitiour sit amet ipsumife rmentum posuere. Integer imperdiet interdum magni

책

"내가 네빌에게 책을 안 줬으면
아가미풀에 대해 걔가 어떻게 알았겠어?"

'매드아이' 앨러스터 무디로 변신한 바티 크라우치 2세, 〈해리 포터와 불의 잔〉

영화에는 마법약, 어둠의 마법 방어법, 일반 마법 같은 호그와트 수업에 쓰이는 교과서도 필요했지만 해그리드의 오두막과 덤블도어의 방, 호그와트 도서관(일반 서가와 제한구역 서가)에 놓을 책과 네빌 롱보텀이 〈해리 포터와 불의 잔〉에서 해리 포터를 돕는 데 사용하는 책, 헤르미온느 그레인저가 〈해리 포터와 죽음의 성물 1부〉에서 가지고 다니는 책, 바틸다 백숏 작가의 집에 있는 책들도 필요했다. 책은 학생들이 손에 들고 있는 장면 클로즈업과 멀리서 찍은 숏에서도 나오기 때문에, 책이 어떻게 쓰이고 카메라에 어떻게 나오는지에 따라 재료와 모양이 결정되었다. 덤블도어의 방에 있는 책들은 많은 수가 런던 전화번호부에 가짜 표지를 씌우고 먼지를 입힌 것이었다. 호그와트 도서관의 책들도 일부는 같은 방식으로 만들어졌다. 〈해리 포터와 혼혈 왕자〉에는 도서관의 책이 자기 자리로 날아가서 꽂히는 장면이 있는데, 스테퍼니 맥밀런의 팀은 이 장면에 쓰이는 책을 가벼운 재료로 만들었다. 책들이 '날아가는' 모습은 제작진이 그린스크린 장갑을 끼고 손을 서가 밖으로 내밀고 있다가 에마 왓슨(헤르미온느 그레인저)이 들고 있는 책을 잡아서 옮기는 방식으로 만들어졌다. 도서관에 쌓인 책 더미나 중력을 거부하듯 나선형으로 휜 플러리시 앤 블러츠 서점의 책들은 소품 제작자들이 책 중간에 구멍을 뚫고 그 사이로 금속 막대를 통과시켜 제작했다.

위: 〈해리 포터와 아즈카반의 죄수〉 끝부분에서 호그와트를 떠나기로 한 리머스 루핀이 책 더미 옆에서 해리 포터와 이야기하고 있다.
왼쪽: 〈해리 포터와 죽음의 성물 1부〉에 등장한 《알버스 덤블도어의 삶과 사기들》이 볼품없이 쌓여 있는 모습.
41쪽: 불안하게 쌓여 있는 플러리시 앤 블러츠 서점의 책 더미 참고 사진.
오른쪽: 〈해리 포터와 혼혈 왕자〉 중 헤르미온느의 손에서 호그와트 도서관 서가로 "날아간" 책들은 스태프들이 손으로 잡은 것이다.

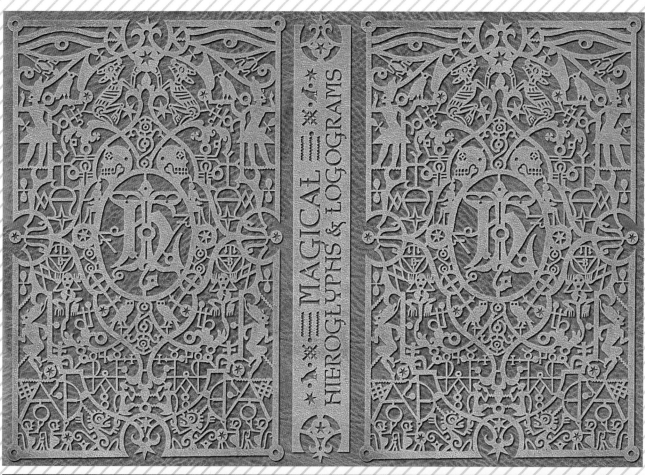

MAGICAL HIEROGLYPHS & LOGOGRAMS

bi. by Jo
onglóð brĩh
of Lincoíne

ED. 23

bi. by Jo
onglóð brĩh
of Lincoíne

Libatius Borage

ADVANCED
POTION
MAKING

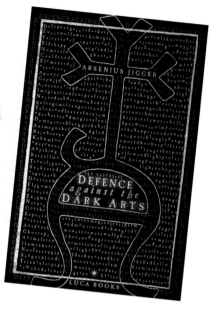

교과서

"너흰 책도 안 보니?"

헤르미온느 그레인저, 〈해리 포터와 마법사의 돌〉

위, 왼쪽부터: 〈해리 포터와 비밀의 방〉에 나오는 루비우스 해그리드의 《즐거움도 주고 돈벌이도 되는 용 기르기》, 맥고나걸 교수의 변환 마법 수업 1학년 교과서, 〈해리 포터와 아즈카반의 죄수〉의 어둠의 마법 방어법 3학년 교과서.
아래: 〈해리 포터와 불의 잔〉의 어둠의 마법 방어법 교과서와 학생 노트.
42쪽 위: 〈해리 포터와 죽음의 성물 1부〉에서 헤르미온느가 가지고 다니는 책 20권 중 하나의 정교한 표지.
42쪽 아래: 가죽 표지에 금색 상징을 새겨 넣은 《고급 마법약 제조》 초판.

학년이 시작되기 전에 호그와트 학생들은 새 학년에 필요한 책들의 목록을 편지로 받는다. 이 책들은 안쪽의 내용뿐 아니라 제목 디자인, 장정, 제본까지를 그래픽 팀에서 담당했다. 미라포라 미나가 말한다. "우리는 제본업자들에게서 전통적 제본 기법을 배웠어요. 다른 기술자들과 함께 일하는 건 멋진 경험이었죠. 우리는 일반적인 책 제본의 경계선 밖으로 나가고 싶었어요. 금속, 실크, 금박으로 표지를 만들어 보고 싶었거든요."

미라포라 미나와 에두아르도 리마는 고서적들을 모아서 제본과 내지의 참고 자료로 사용하고, 오래된 책은 어느 부분이 갈라지는지 등을 관찰했다. 미나와 리마와 팀원 로런 웨이크필드가 함께 디자인을 확정하면, 카메라에 어떻게 나오느냐에 따라 책을 여러 형태로 만들었다. 리마가 설명한다. "학생들이 사용하는 보통 크기의 책도 있지만, 카메라가 가까이에서 찍을 때는 25~50퍼센트 정도 더 크게 만들었어요. 《고급 마법약 제조》 같은 경우는 거기 적힌 손 글씨를 읽어야 해서 특히 더 그랬죠."

모든 책은 20쪽 정도 주제와 관련된 (그래픽 팀에서 쓴) 내용을 만들고, 책이 원하는 두께가 될 때까지 그 내용을 반복해서 실었다. 주인공들이 사용하는 책은 하나당 최소 8권 정도를 준비했다. 교과서는 대개 20~30명 학급 규모에 맞추어 만들고, 촬영 중 사고로 망가질 경우를 대비해서 여유분 몇 권을 더 만들었다. 원작에 저자 이름이 나오지 않으면 그래픽 팀의 친구, 가족 또는 팀원의 이름이 동원되었다. 《사라진 옛 마법과 마술》의 저자는 E. 리머스(에두아르도 리마), 《쉽게 읽는

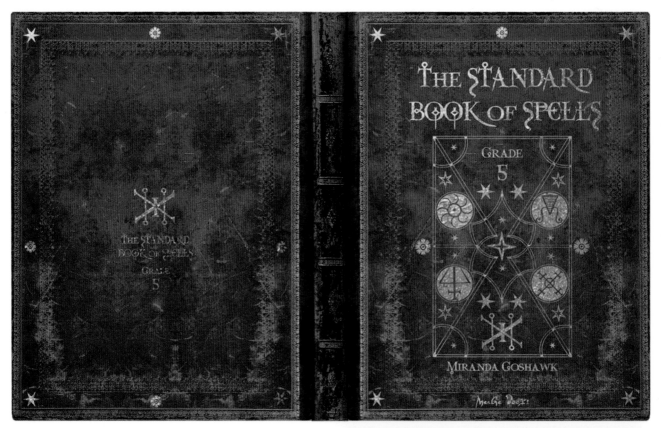

고대 룬문자》의 저자는 로런주(로런 웨이크필드), 《수비학의 새로운 이
론》의 저자는 루코스 카조스(미라포라 미나의 아들)다. 플러리시 앤 블
러츠를 채운 많은 책들에는 마법 느낌의 제목을 지어 넣기도 하고(《그
림 해설이 있는 하늘을 나는 양탄자의 역사》와 《어느 나무의 알프스 여행
기》), 머글 세계의 책 제목을 살짝 비틀기도 했다(《해왕성에서 온 남자
마법사, 토성에서 온 여자 마법사》). 출판사 이름에도 루카 북스, 위니
커스 출판사(그래픽아티스트 루스 위닉), 미나리마 북스 등 익숙한 이
름들이 있다.

〈해리 포터와 죽음의 성물 1부〉에서 헤르미온느는 호크룩스를 찾
는 데 도움이 될 거라 생각하는 많은 책을 탐지 불능 늘이기 마법을 사
용한 작은 구슬가방에 넣는다. 이를 위해 미나와 리마는 이미 언급된
(헤르미온느가 폴리주스 마법약을 만들 때 참고한)《최강의 마법약》을 포
함해 20권가량 되는 책을 만들었다. 아티스트들은 이때 캐릭터의 머
릿속을 생각해 봐야 했다. 미나가 말한다. "헤르미온느가 어떤 책을 가
지고 다닐까 생각해 볼 기회가 됐어요. 대본의 지문은 헤르미온느가
흔드니까 책 쓰러지는 소리가 난다는 것뿐이었거든요. 안타깝게도 영
화에 그 책들 전부가 나오지는 않아요."

위: 〈해리 포터와 마법사의 돌〉의 1학년용 《마법 주문에 관한 표준 교과서》.
아래: 〈해리 포터와 죽음의 성물 1부〉에서 헤르미온느 그레인저가 소지하는 룬문자 사전.
45쪽 위: 〈해리 포터와 마법사의 돌〉에서 1학년이 사용하는 《신비한 동물 사전》.
45쪽 아래: 바틸다 백숏의 《마법의 역사》. 이 책은 시리즈 내내 다양한 판으로 나오는데, 이
책에는 저자의 사진이 실려 있다. 저자 바틸다 백숏 역은 〈해리 포터와 죽음의 성물 1부〉에
서 헤이즐 더글러스가 맡았다.
46~47쪽: 〈해리 포터〉 시리즈에 나오는 책들은 학교 교과서뿐 아니라 스포츠, 심리학, 사
회 교류 등 여러 분야에 걸쳐 있다.

FANTASTIC BEASTS
And where to find them

Newt Scamander

BATHILDA BAGSHOT

A HISTORY OF MAGIC

BATHILDA BAGSHOT

A HISTORY OF MAGIC

M.L
Books

A HISTORY OF MAGIC

BATHILDA BAGSHOT
2ND
EDITION

BATHILDA BAGSHOT embarked on the journey of
Magical Knowledge decades ago. She has always been
fascinated by the mysteries and curiosities of
the wizarding world. A History of Magic examines
significant moments and facts therein, from the
beginning of time to the 19th century, making this book
an essential piece of Wizarding-literature.

M.L
Books
MINALIMA PRINTERS LTD.

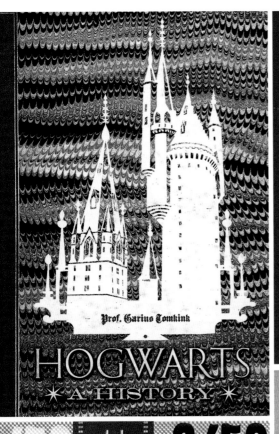

Prof. Garius Tomkink

HOGWARTS
✳ A HISTORY ✳

EVERY WIZARD'S "MUST HAVE" GUIDE!

merge

HOW TO WOO WITCHES

HOW TO WOO WITCHES
MAURICIUS CARNEIRUS

Ɛ45ð
890

NUMEROLOGY

Ɛ45ð
890
1Ƨ345
NU ME RO LO GY 90
Ɛ4
3Ʇ56
890 7

merge
publications

merge
publications

L. WAKEFIELD

Irsis Pius

WITCHES ARE FROM SATURN

WIZARDS ARE FROM NEPTUNE...

bla blab
blabla bla
bla blablablblab
blabla bla blablaa
blbalblab blablalba
lblblab blablabla
blabl blablblabla
blablabl abla
bla blabl abl

and

blabalabla bal abl
balablabalablbla
ablabla balabl
bl. la ablablblalablba
b. lablab balabl
bla: abl balbal
bla. labla
blab. abla
fullstop.

ISWN
9 781551 668703

JUCXBOOKS
INCYBOOKS

WIZARDS ARE FROM NEPTUNE

...WITCHES ARE FROM SATURN

Irsis Pius

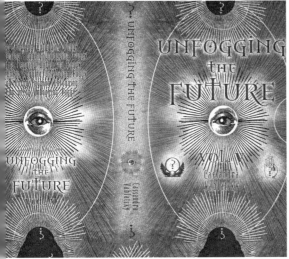

UNFOGGING the FUTURE

UNFOGGING THE FUTURE

Cassandra Vablasky

THE MUGGLE CONSPIRACY

Sinistra Lowe

Phyllida Spore's

1000
Magical
Herbs & Fungi

《마법 같은 나》와 길더로이 록하트의 책들

"나의 자서전 《마법 같은 나》가 《예언자일보》 베스트셀러 목록 27주 연속 1위를 지키고 있습니다.
내 자서전을 사기 위해 해리가 방금 서점에 들어왔을 때, 그는 몰랐을 겁니다.
제 모든 저서를 받게 되리란 걸 말이죠. 공짜로!"

길더로이 록하트, 〈해리 포터와 비밀의 방〉

〈해리 포터와 비밀의 방〉에 나오는 길더로이 록하트의 자서전을 만들 때 그래픽 아티스트들은 1편에서 사용한 방식에서 벗어나야 했다. 원작자 J.K. 롤링이 그 책은 터미널 같은 곳에서 파는 싸구려 대중서 느낌이라고 말했기 때문이다. 미라포라 미나는 이 말을 듣고 당황했다. "중세적, 고전적, 역사적 느낌을 잔뜩 불어넣은 이 세계에서 그런 책을 어떻게 표현하면 좋을지 고민했죠."

미나는 고심 끝에 록하트 자신이 디자인의 열쇠라고 생각했다. "그 사람은 가짜예요. 그래서 그런 느낌을 주기 위해 표지에 인조 가죽을 썼죠. 표지가 뱀이나 도마뱀 가죽 문양이라서 잘 맞는다고 생각했어요. 야생으로 떠났던 그의 여행들과도 맞고요. 볼품없고 보기 흉한 모습이 적절해 보였어요. 화려하게 반짝이기보다 이쪽을 선택한 게 훨씬 더 잘 맞는 것 같아요. 복고적인 느낌도 있지만 그러면서도 피상적이고 얄팍하죠."

책의 용지도 고민했다. 리마는 "처음에는 뒤가 거의 비치는 얇은 종이를 선택했다"고 밝혔다. "그러면 싸구려로 보이니까요. 제작자도 좋아했지만, 견본을 만들어 보니까 거기 인쇄를 해서 촬영할 수 없더라고요. 그래서 좀 더 두꺼운 종이를 썼죠." 어둠의 마법 방어법 수업을 듣는 학생 모두가 록하트의 책 전질을 사야 했기 때문에 그래픽 팀은 그의 책을 아주 여러 권 만들어야 했다.

록하트의 책 표지의 주요 요소 중 하나는 록하트의 사진이다. 미라포라 미나와 에두아르도 리마는 움직이는 사진을 만들 때처럼 사진의 배경을 여러 가지로 고민해 본 뒤에 작은 세트를 짓고 의상을 맞춰 촬영을 진행했다. 미나가 말한다. "정말 재미있었어요. 모든 것의 전통적인 겉모습에서 한 걸음 더 바깥으로 나갔으니까요." 책은 모두 두 가지 판으로 만들었다. "서점 장면과 사인회 장면에서는 그린스크린 재료를 붙인 책

을 썼습니다. 하지만 그것 말고도 여러 버전이 있었어요." 카메라에 가깝게 나오지 않는 책(예를 들면 어둠의 마법 방어법 수업에서 뒷자리 학생들이 가지고 있는 책)은 표지 사진이 움직이지 않았다.

괴물들에 관한 괴물책

"모두 여기 모여서 자리를 잡아! 그래, 됐어. 먼저 책을 펴."
"그런데 어떻게 펴죠?"
"이런, 그걸 몰랐어? 잘 쓰다듬어 주면 돼."

루비우스 해그리드와 드레이코 말포이, 〈해리 포터와 아즈카반의 죄수〉

〈해리 포터와 아즈카반의 죄수〉에서 마법 생명체 돌보기 교수가 된 해 그리드는 《괴물들에 관한 괴물책》을 교과서로 선정한다. 이 책과 관련해서 많은 아이디어가 나왔는데, 꼬리나 날카로운 발톱을 달자거나 심지어 책등을 등뼈로 하자는 것 등이 있었다. 공통된 아이디어는 (다양한 수의) 눈과 날카로운 뻐드렁니와 털이었다. 털은 많아야 했다. 처음에는 세로로 디자인했던 괴물책의 '얼굴'을 가로로 바꾸자 책을 여는 부분에 입이 놓여서 더 잘 맞았다. (모두 4개로 결정된) 눈은 가운데에서 책등 근처로 갔다가, 표지 뒷면으로 옮겨졌다가, 다시 중간으로 돌아왔다. 미라포라 미나는 괴물의 혀를 책갈피 끈으로 활용하고 책 제목 서체를 디자인한 후, 에두아르도 리마의 이름을 비튼 에드워더스 리머스를 저자 이름으로 새겼다.

그래픽 팀은 주로 책 안쪽을 글씨들로 채웠지만, 이 경우에는 시각 요소들이 필요해서 친숙한 괴물들(고블린, 트롤, 콘월 픽시)과 콘셉트 아티스트 롭 블리스가 만든 낯선 괴물들이 포함됐다. 롭 블리스는 식물 괴물, 다리 넷 달린 뱀, 트롤과 닭의 혼종 같은 괴물들을 만들었다. 눈이 예리한 관객이라면 〈해리 포터와 아즈카반의 죄수〉 영화가 끝나고 크레디트가 올라갈 때 보이는 호그와트 비밀 지도에 '괴물책 수리소'가 있음을 알아볼 수 있었을 것이다.

48쪽: 〈해리 포터와 비밀의 방〉을 위해 제작된 길더로이 록하트의 (의심스러운) 체험담 책들.
위: 미라포라 미나가 〈해리 포터와 아즈카반의 죄수〉에서 선보인 《괴물들에 관한 괴물책》 비주얼 개발 그림. 눈이 책등에 놓여 있다.

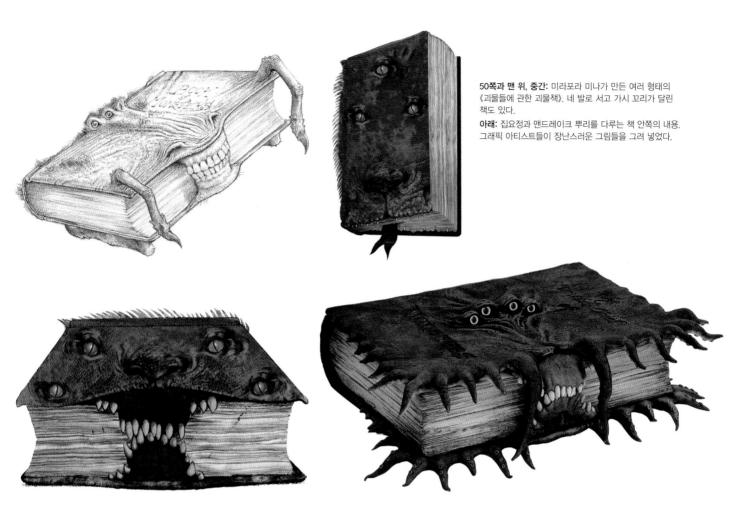

50쪽과 맨 위, 중간: 미라포라 미나가 만든 여러 형태의 《괴물들에 관한 괴물책》. 네 발로 서고 가시 꼬리가 달린 책도 있다.

아래: 집요정과 맨드레이크 뿌리를 다루는 책 안쪽의 내용. 그래픽 아티스트들이 장난스러운 그림들을 그려 넣었다.

CHAPTER NINETEEN
RUDIMENTARY HOCUS POCUS for
UNSTINKING SINISTER SOCKS

There are some fundamental and distinguishing
factors which will help you to determine
SINISTER from HUNKYDORY.

"But how can I tell?" I hear you say...

1.   In the first instance one must examine the
presentation of the said Article and make a
swift assessment ... black or white? Dark or
Light? Pungent or Perfumed?

Tip? COLOUR can reveal the inner Darkness
or Light.
Dear Student....Remember the Golden O.A.P.
rule from Chapter Seven?
Observe, Assess, Prescribe...

68a

1. FAVOURED POSITIONS FOR A
LEFT-HANDED HEX-BREAKER

1.   2.   3.

4.   5.   6.

The HEX ZAPPER wards off and destroys
negative energies then attracts positive ones.

68b

어둠의 마법 방어법: 기초 입문

"앞으로는 체계적으로 이뤄진
마법 정부 인증 방어법 교육 과정을 따를 거예요."

덜로리스 엄브리지, 〈해리 포터와 불사조 기사단〉

〈해리 포터와 불사조 기사단〉에서 새로 어둠의 마법 방어법 교수가 된 덜로리스 엄브리지는 그 과목에 대한 자신만의 확고한 교습론을 가지고 온다. 이론만 가르치고 실전 연습은 하지 않는다는 것이다. 엄브리지가 교과서로 선택한 책은 겉모습부터 확연히 아동용이라는 느낌을 준다. 미라포라 미나가 말한다. "디자인을 결정할 때 책을 초등학교 수준으로 내리기로 했어요. 그게 화면에서 바로 보여야 했죠." 미나는 1940년대와 1950년대 교과서의 디자인과 구성에서 아이디어를 얻었다. 책은 두껍고 책등에는 천 조각을 댔으며, 표지도 고급스럽지 않다. 표지 그림은 다른 교과서들의 정교한 디자인과 대조된다. 미나가 말한다. "그림은 마법사 놀이를 하는 아이들이에요. 아이들이 읽는 책 속에 또 그림이 있고, 그 그림 속 아이들이 읽는 책 속에 또 그 그림이 있고, 그런 식으로 끝없이 이어지죠." 내지는 책에 별 내용이 없다는 느낌을 주기 위해 두꺼운 종이를 사용했다.

아래: 〈해리 포터와 불사조 기사단〉에서 어둠의 마법 방어법 교수로 부임한 덜로리스 엄브리지는 유아적이고 내용 없는 책을 교과서로 선택한다.
위: 그래픽 팀에서 만들어 낸 책 내부의 재미없는 그림과 수준 낮은 내용.
53쪽 왼쪽: 리타 스키터(미란다 리처드슨)가 알버스 덤블도어에 관해 쓴 깜짝 놀랄 만한 폭로 도서. 책 안의 정보는 헤르미온느 그레인저가 《해리 포터와 죽음의 성물 1부》에서 덤블도어의 가족에 관해 알아내는 데 도움을 주었다.
53쪽 오른쪽: 알버스 덤블도어가 겔러트 그린델왈드에게 보낸 편지. 《알버스 덤블도어의 삶과 사기들》에도 실렸다.

DARK ARTS DEFENCE
Basics for Beginners

DARK ARTS
DEFENCE
Basics for Beginners

D.A.D.A. 572   MINISTRY ISSUE VOLUME ONE

《알버스 덤블도어의 삶과 사기들》

"리타 스키터가 800페이지에 걸쳐 그의 삶을 파헤친 책을 썼으니까."

뮤리엘 고모할머니, 〈해리 포터와 죽음의 성물 1부〉

〈해리 포터와 죽음의 성물 1부〉에 나오는 신문기자 리타 스키터가 쓴 덤블도어의 전기 역시 길더로이 록하트의 책과 비슷한 싸구려 느낌을 풍겨야 했다. 미라포라 미나와 에두아르도 리마는 다시 한번 "당황했다"고 말한다. "이 마법 세계에서 어떻게 그런 인위적인 느낌을 내야 할까 고민했죠. 우리는 리타가 번지르르하고 한심한 캐릭터라는 사실을 알고 있었어요. 리타가 선정적인 것을 좋아하기 때문에 우

리는 정말 인위적인 색깔과 기술, 마감을 사용해서 책을 만들기로 했죠." 폭발하는 듯한 표지 무늬와 책등에 쓰인 밝은 녹색은 뒤표지에 나오는 스키터의 복장(〈해리 포터와 불의 잔〉에서 처음 입은 옷)과 일치한다. 본문 종이는 〈해리 포터〉 시리즈에 나오는 소수의 싸구려 책들에 사용한 아주 얇은 종류를 사용했다.

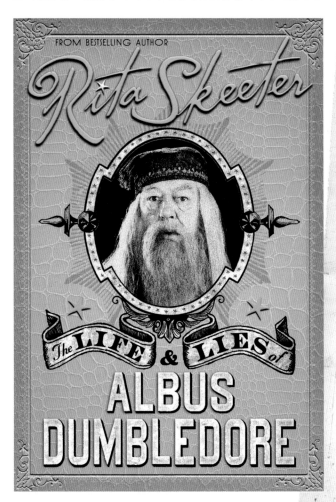

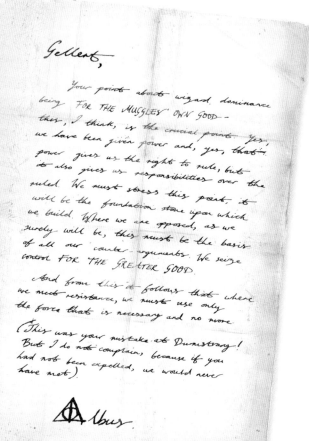

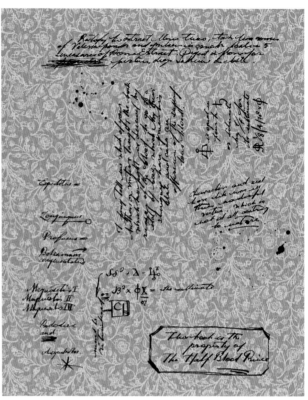

《고급 마법약 제조》

"칼날로 짓누르면 즙이 잘 나온다."

혼혈 왕자가 해리 포터의 교과서에 쓴 메모, 〈해리 포터와 혼혈 왕자〉

해리 포터는 마법약 수업에서 두각을 나타내면서 호러스 슬러그혼 교수와 대화할 기회를 얻는다. 슬러그혼은 제자였던 톰 리들에게 호크룩스에 대해 알려주었는지 확인하기 위해 덤블도어가 다시 호그와트로 불러들인 전직 마법약 교수다. 그런데 해리가 그 과목을 잘하게 된 비결은 무엇일까? 바로 수수께끼의 '혼혈 왕자'가 《고급 마법약 제조》 책에 남긴 메모다. 새 학년이 시작했을 때 마법약 과목을 수강할 생각이 없었던 해리와 론 위즐리는 맥고나걸 교수 때문에 어쩔 수 없이 그 수업을 들으러 간다. 둘 다 교과서가 없자 슬러그혼 교수가 뒤편 사물함에 여분의 책이 몇 권 있다고 말하는데, 그중 하나는 새것이고 하나는 낡은 책이다. 론은 사물함으로 달려들어서 새 책을 갖고, 해리는 낡은 책을 얻는다. 하지만 이 일이 이야기에서 핵심 역할을 하게 된다.

미라포라 미나가 말한다. "우리는 몇 초 안에 왜 두 사람 모두 이 책을 원하고 저 책은 원하지 않는지를 보여주어야 했어요. 낡은 책에 해리가 이야기를 펼쳐나갈 비밀 지식이 적혀 있다는 건 둘 다 모르는 상태였으니까요. 어린 시절은 다 똑같잖아요. 반짝반짝하는 새것이 좋고, 낡고 지저분한 것은 싫죠. 우리는 같은 책이지만 판이 다르다는 것을 금세 알아볼 수 있는 두 종류의 책을 디자인해야 했습니다."《고급 마법약 제조》 구판은 제목도, 연기 오르는 솥 그림도 옛날 느낌을 풍긴다. 신판은 더 작고 선도 깨끗하며, 솥도 더 세련되고 현대적인(1950년대가 현대적이라면) 모습이다.

해리가 가진 《고급 마법약 제조》 책의 여백에는 이전 주인의 글씨가 적혀 있는데, 미나가 직접 쓴 손 글씨였다. "제가 세베루스 스네이프의 손 글씨 담당이라서 그의 글씨체를 상상해야 했어요. 똑같은 방향으로 단정하게 쓰지는 않을 것 같았죠. 생각이 많아서 여기저기 끼적였을 거라고 생각했어요." 책은 클로즈업이냐 중간 거리냐에 따라 다양한 크기로 제작됐기 때문에, 미나가 쓴 '주인공' 책의 메모를 스캔해서 디지털로 책장에 붙인 뒤 인쇄했다.

54쪽: 〈해리 포터와 혼혈 왕자〉에서 해리 포터(대니얼 래드클리프)는 《고급 마법약 제조》 책에 적힌 메모의 도움을 받아 완벽한 '살아 있는 죽음의 물약'을 만들어 낸다.

왼쪽: 〈해리 포터와 혼혈 왕자〉에서 해리 포터가 갖게 된 낡은 《고급 마법약 제조》 책.

오른쪽: 혼혈 왕자가 《고급 마법약 제조》 내부에 쓴 메모는 디지털로 복제돼 스크린에 나오는 다양한 크기의 책에 새겨졌다.

마법 정부 간행물

"해리 포터, 위험인물 1호."

《예언자일보》 1면, 〈해리 포터와 죽음의 성물 1부〉

마법 정부는 영국 마법사 세계를 다스리는 기관으로, 해리 포터가 호그와트에 입학하고 5년이 지날 때까지 코닐리어스 퍼지가 마법 정부 총리로서 그곳을 이끈다. 마법 정부는 볼드모트 경이 돌아왔다는 사실을 부정하다가 어쩔 수 없이 인정하기를 반복한다. 그러나 〈해리 포터와 불사조 기사단〉에서 어둠의 세력이 다시 모이고 있음이 밝혀지고, 〈해리 포터와 죽음의 성물 1부〉에서는 그들이 힘을 얻어서 결국 마법 정부를 탈취한다. 죽음을 먹는 자들과 볼드모트에게 무조건 충성하는 직원들이 끼어들면서 마법 정부 분위기가 바뀌고, 관료 사회에서 필수적인 서류와 간행물도 무겁고 억압적인 겉모습과 분위기로 변한다.

관료적 행정기관은 수많은 행정 서류를 생산한다. 〈해리 포터와 불사조 기사단〉에서 그래픽 팀과 소품 팀은 마법 정부 직원들이 들고 다니는 노트와 서류철을 만들었다.

57쪽 왼쪽 위에서부터 시계방향으로: 〈해리 포터와 불사조 기사단〉에 나오는 날아다니는 마법 정부 공문과 방문객 배지./〈해리 포터와 죽음의 성물 1부〉에서 마법 정부 안의 덜로리스 엄브리지의 방에서 해리 포터가 찾은 아서 위즐리의 머글 태생 등록 위원회 등록 서류./〈해리 포터와 불사조 기사단〉에서 해리가 미성년 마법 제한 법령을 위반한 일을 두고 징계 청문회가 열린다는 사실과 시간을 고지하는 내용을 담은, 마팔다 홉커크가 아서 위즐리에게 보내는 편지./마법 정부 공식 스탬프./〈해리 포터와 불사조 기사단〉에서 마법 정부가 해리 포터에게 보낸, 그가 미성년 마법사의 행동 제한 법령을 어겼다는 내용을 통지하는 편지.

Dear Mr Potter,

The Ministry has received intelligence that at twenty three minutes past six this evening you performed the Patronus Charm in the presence of a Muggle.

As a clear violation of the Decree for the Reasonable Restriction of Underage Sorcery, you are hereby expelled from Hogwarts School of Witchcraft & Wizardry

Hoping that you are well,

Mafalda Hopkirk

London in Scorpio

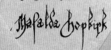

마법 정부 물품

"건강하길 바랍니다. 마팔다 홉커크."

해리에게 온 편지, 〈해리 포터와 불사조 기사단〉

해리는 〈해리 포터와 불사조 기사단〉에서 (패트로누스를 불러내 디멘터 둘을 격파하느라) 미성년 마법사의 행동 제한 법령을 어긴 일로 청문회에 소환되고, 이에 참석하기 위해 처음 마법 정부를 방문한다. 그래픽 팀은 방문자 배지, 공식 스탬프, 날아다니는 공문 등 다양한 서신을 포함한 여러 정부 물품을 만들어 냈다.

Ref. No. 3966-IOS-MJP

Dear Mr. Weasley,

Due to the current circumstances we are informing you as guardian for Harry James Potter, that the Disciplinary Hearing for the offences stated below will now take place on 12th of August at 8am in the Courtroom 10 at the Ministry of Magic.

The charges against the accused are:
• The accused in full awareness of the illegality of his actions produce a Patronus Charm in the presence of a Muggle,
• The accused used magic outside the school while under the age of seventeen.

Hoping that you are well,

Mafalda Hopkirk

Commander-in-Chief
Improper Use of Magic Office

In Accordance with
Ministry for Magical
Missives Guidelines 892X

Ref. No. 3966-IOS-MJP

Ministerial Code of
Confidential Communications
Conduct 572 B

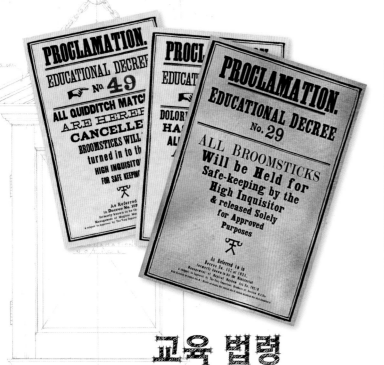

교육 법령

> "교육 법령 제23조: 덜로리스 제인 엄브리지를
> 호그와트 장학관으로 임명한다."
>
> 포고령, 〈해리 포터와 불사조 기사단〉

교육 법령은 마법 정부가 호그와트 규율 강화와 위반 학생 처벌을 목적으로 내세워 만든 법률로, 〈해리 포터와 불사조 기사단〉에서 어둠의 마법 방어법 교수로 부임한 덜로리스 엄브리지 교수가 시행한다. 이 포고령들은 학교 통제권을 덤블도어에게서 빼앗기 위한 시도다. 법령의 맨 마지막에 "관련 이사회의 승인"을 받아야 한다는 내용을 밝힌 부분은, 정부 발표가 흔히 그러함을 영리하게 모방한 문구가 적혀 있다. "어쩌고저쩌고 이러쿵저러쿵 이렇게 저렇게……."

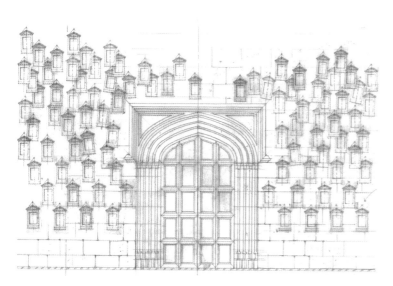

왼쪽 위: 〈해리 포터와 불사조 기사단〉에서 덜로리스 엄브리지는 마법 정부에서 임명한 장학관의 권한으로 호그와트 학생들을 위축시키고 통제하는 교육 법령을 100개도 넘게 발표한다.
왼쪽 아래: 연회장 문 주변에 게시된 교육 법령들을 스케치한 게리 조플링의 그림.
오른쪽: 건물 관리인 아거스 필치가 돌벽에 새로운 법령을 거는 장면 스토리보드.
59쪽 맨 위: 마법 정부 신분증 겉면.
59쪽 중간과 아래: 마팔다 홉커크(소피 톰슨)와 레지 캐터몰(스테판 로드리)의 신분증.

마법 정부
신분증

신분증은 〈해리 포터와 죽음의 성물 1부〉 때 만들어졌다. 해리, 론, 헤르미온느는 폴리주스 마법약으로 마법 정부 직원으로 변신한 뒤 신분증을 가지고 마법 정부에 침투한다. 신분증은 움직이는 이미지와 움직이지 않는 이미지를 담은 두 가지 형태로 만들었고, 사진이 들어가는 자리에는 그린스크린 종이를 붙였다.

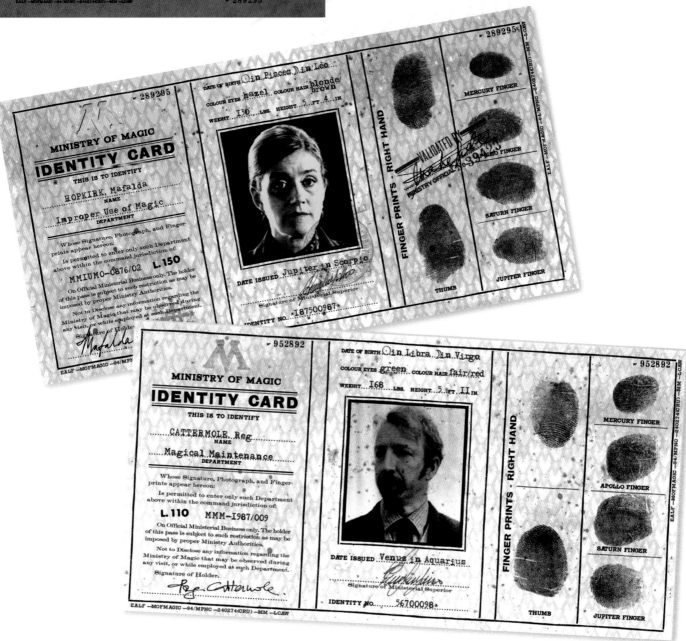

머글 태생 등록 위원회

"난 혼혈이에요! 아버지가 마법사죠!"

겁에 질린 남자, 〈해리 포터와 죽음의 성물 1부〉

딜로리스 엄브리지가 마법 정부에서 저지른 여러 일 중 가장 지독한 것은 머글 태생 등록 위원회 위원장으로서 자행되었다. 그 위원회는 〈해리 포터와 죽음의 성물 1부〉와 〈2부〉에서 혼혈 마법사를 등록하고 박해하는 기관이다. 해리는 엄브리지의 책상에 놓인 불사조 기사단 단원들의 등록 서류 중 죽은 단원들의 사진에 붉은색으로 X 표시가 된 것을 보고 분노를 느낀다.

아래: 그래픽 팀은 머글 태생 등록 위원회의 온갖 서류를 만들어 냈다. 〈해리 포터와 죽음의 성물 1부〉에서 딜로리스 엄브리지는 메리 캐터몰에 대한 이 서류들을 살펴본다.
위: 해리 포터는 딜로리스 엄브리지의 책상에서 동료들의 서류를 발견한다.
61쪽: 〈해리 포터와 죽음의 성물 1부〉에 나오는 머글 반대 선전물은 냉전 시대 소련에서 만든 선전물과 유사하게 각지고 장식 없는 스타일이다.

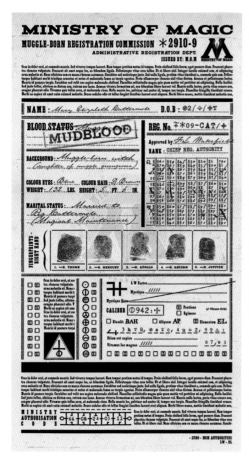

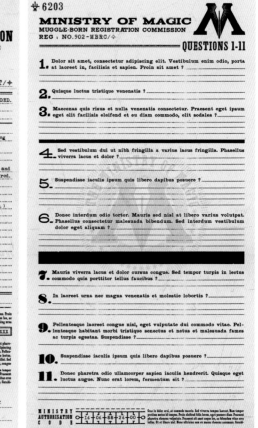

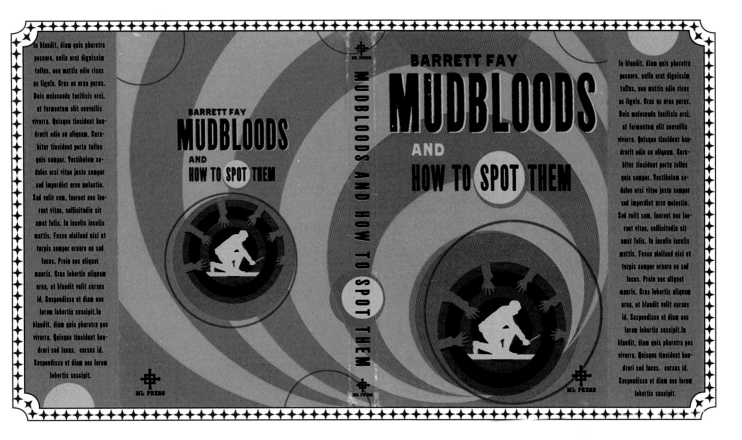

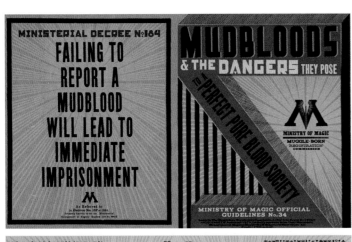

머글 반대 선전물

"일들 계속해요. 진정해요."

머글 태생 등록 위원회의 마법사, 〈해리 포터와 죽음의 성물 1부〉

〈해리 포터와 죽음의 성물 1부〉에서 엄브리지의 위원회는 《머드블러드를 알아차리는 법》 같은 머글 반대 서적을 보급한다. 데이비드 예이츠 감독은 미라포라 미나와 에두아르도 리마에게 제1차 세계 대전 이후의 소련 선전물을 살펴볼 것을 제안했다. 사람들 눈을 사로잡고 감정을 고양시키기 위해 원색과 굵은 글씨체를 사용한 그 선전물들은 호그와트와 마법사 세계의 중세적이고 고전적인 느낌과 반대된다.

현상 수배 포스터

"부주의의 대가는 죽음이라는 사실을 명심하시오."
루시우스 말포이의 현상 수배 포스터 중, 〈해리 포터와 죽음의 성물 1부〉

그래픽 팀은 〈해리 포터〉 시리즈 내내 선한 세력과 어둠의 세력 모두를 작업해야 했다. 처음 만들어진 수배 포스터는 〈해리 포터와 아즈카반의 죄수〉에 등장한 시리우스 블랙의 전단이다. 그가 든 판에 적힌 특이한 글씨는 '대략 인간과 비슷하다'는 뜻이다. 에두아르도 리마는 "때로 무거운 주제를 다루기도 하지만, 영화를 작업할 때 즐거운 점 중 하나는 자기 아이디어를 더할 수 있다는 것"이라고 말한다. "시리우스 블랙의 수배 전단을 예로 들면 하단에 부엉이를 통해 제보하라고 썼죠."

〈해리 포터와 죽음의 성물 1부〉에서는 수배 포스터가 훨씬 어두워진다. 죽음을 먹는 자들의 위험성을 알리는 공지가 위험인물 1호 해리 포터를 잡으라는 포스터로 변해, 마법 정부에 의해 배포되기 때문이다. 에두아르도 리마와 미라포라 미나는 포스터를 일부러 '손상'시켰는데, 비바람에 시달리거나 다이애건 앨리에서 사람들 손에 훼손되었음을 보여주기 위해서였다.

위, 아래 가운데: 〈해리 포터와 아즈카반의 죄수〉에서 마법사 세계 전체에 붙은 시리우스 블랙의 수배 포스터는 두 가지 판으로 제작되었다. 하나는 사진과 글이 있는 '평범한' 포스터고, 다른 하나는 사진 자리에 그린스크린을 넣은 것이다. 후반 작업 과정에서 그 자리에 배우 게리 올드먼의 영상이 삽입되었다.
아래 왼쪽, 아래 오른쪽, 63쪽: 〈해리 포터와 죽음의 성물 1부〉와 〈2부〉에서 다이애건 앨리와 호그스미드에 붙은 포스터들.

WANTED

BY THE MINISTRY OF MAGIC

FENRIR GREYBACK

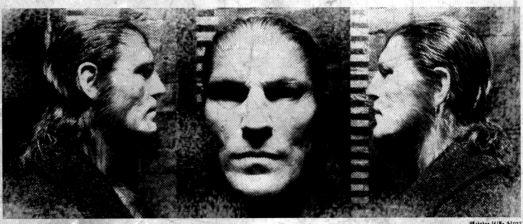

Azkaban Id/No. 51922

FENRIR GREYBACK IS A SAVAGE WEREWOLF.
CONVICTED MURDERER. SUSPECTED DEATH EATER.

★ APPROACH WITH EXTREME CAUTION! ★

IF YOU HAVE ANY INFORMATION CONCERNING
THIS PERSON, PLEASE CONTACT YOUR
NEAREST AUROR OFFICE.

MINISTRY OF MAGIC
-AUROR OFFICE-

 ☞ REWARD ☜

THE MINISTRY OF MAGIC IS OFFERING A REWARD OF 1.000 GALLEONS
FOR INFORMATION LEADING DIRECTLY TO THE ARREST OF FENRIR GREYBACK.

DIRECTOR
AUROR OFFICE / INVESTIGATION DEPT.
No. 61042

PRINTED BY THE MINISTRY PRESS - DIAGON ALLEY - ENGLAND - REG.120990/00E.LIMA/00987-000MOM

해리 포터 필름 볼트 Vol. 12
: 마법사 세계의 연회, 음식, 출판물

초판 1쇄 인쇄 2021년 10월 20일
초판 1쇄 발행 2021년 12월 29일

지은이 | 조디 리벤슨
옮긴이 | 고정아, 강동혁
발행인 | 강봉자, 김은경

펴낸곳 | (주)문학수첩
주소 | 경기도 파주시 회동길 503-1(문발동 633-4) 출판문화단지
전화 | 031-955-9088(마케팅부), 9532(편집부)
팩스 | 031-955-9066
등록 | 1991년 11월 27일 제16-482호

홈페이지 | www.moonhak.co.kr
블로그 | blog.naver.com/moonhak91
이메일 | moonhak@moonhak.co.kr

ISBN 978-89-8392-881-8 04840
      978-89-8392-869-6(세트)

* 고유명사 등의 용어는 《해리 포터》 20주년 새 번역본을 따랐습니다.
* 파본은 구매처에서 바꾸어 드립니다.